父亲和母亲的年轮

卢 燕 著

哈尔滨出版社
HARBIN PUBLISHING HOUSE

图书在版编目（CIP）数据

父亲和母亲的年轮／卢燕著. —— 哈尔滨：哈尔滨
出版社，2022. 10
ISBN 978-7-5484-6853-0

Ⅰ. ①父… Ⅱ. ①卢… Ⅲ. ①散文集－中国－当代
Ⅳ. ①I267

中国版本图书馆 CIP 数据核字（2022）第 202494 号

书　　名：父亲和母亲的年轮
FUQIN HE MUQIN DE NIANLUN

作　　者：卢　燕　著
责任编辑：滕　达
装帧设计：大奥文化

出版发行：哈尔滨出版社（Harbin Publishing House）
社　　址：哈尔滨市香坊区泰山路 82 - 9 号　　邮编：150090
经　　销：全国新华书店
印　　刷：北京建宏印刷有限公司
网　　址：www. hrbcbs. com
E - mail：hrbcbs@ yeah. net
编辑版权热线：（0451）87900271　87900272
销售热线：（0451）87900202　87900203

开　　本：880mm×1230mm　1/32　印张：7.5　字数：180 千字
版　　次：2022 年 10 月第 1 版
印　　次：2023 年 1 月第 1 次印刷
书　　号：ISBN 978-7-5484-6853-0
定　　价：59. 80 元

凡购本社图书发现印装错误，请与本社印制部联系调换。
服务热线：（0451）87900279

情到深处

——卢燕散文集《父亲和母亲的年轮》序

　　三月初的一天，忽然接到卢燕的电话，要我为她的散文集作序。说实话，也不时有人请我为他或她的作品写点什么，一般我都会推辞，但对于卢燕的请求我毫不犹豫地答应了，并告诉她，过几天我就因事要去金川，到时再见面。我之所以如此，是因为几年前见到卢燕，并知道卢燕就是从小认识的卢老二的女儿时，感到十分诧异，因为她父母、爷爷奶奶的家离我们家也就半里路，而且，我不但认识她的父母亲，认识她的爷爷奶奶，甚至认识她的外祖母。他们是平凡得不能再平凡的人，权力、财富、地位等等，与他们都沾不到边。我压根就没有料到，这样的家庭中，竟然飞出了一只才华横溢的金色海燕。因为我初次零星读到她发表的一些诗，就觉得她有着与同龄人不一样的思维和对生活的感触。

　　在金川，她把散文集《父亲和母亲的年轮》的文稿交给我时，我们之间并没有太多的语言交流，但当我回到都江堰，展读文稿中的一篇《二爸》时就被深深地吸引住，一口气把10余万字读完后，心灵受到一股清流的冲击。从文学普遍评价的标准上来说，散文所投射出的纯真而质朴的情愫，能洞穿心扉，尤其是像我这样了解卢燕家世的人。

《父亲和母亲的年轮》虽然根据内容的侧重点分了四个板块，或叫四辑，但是，我相信卢燕在手指触摸键盘时，并没有有意识地思考她的文章要如何如何应时应景而作，而是把沉淀在心底的炽热感情，从指尖缓缓释放出来，字里行间，立刻就弥漫着浓得化不开的亲情、友情、乡情的心灵独白。

正如《挚爱亲朋，刻在骨子里的名字》题记中所说："有的人的名字在纸上，有的人的名字在心上，有的人的名字在记忆中，而你们的名字，刻在我的骨子里……"那一连串对二爸、二婶、外祖母、舅舅、五爸等等的自传式的娓娓述说中，她把那些已经融进血脉中、刻在骨子里的往事，用一颗纯真的心、一片炽热的情，加以毫不修饰的坦露与倾诉。

卢燕的"二爸"即她的父亲卢老二，我十分熟悉，他是一个心中始终躁动不安、努力想改变自己窘穷生活、希望被社会认可和吸纳的农民，他有许多如酗酒这样的缺点，卢燕并不回避，甚至还有一些为自己称呼为"二婶"的母亲找了一个大她十几岁，还一贫如洗的丈夫的不平。但是，在卢燕的眼中，"……长大后才发现父亲原来是一座屹立不倒的山。这座山沟壑纵横，有丰饶饱满的庄稼，有四季分明的山花，有棱角突兀的石头，还有馨香憨厚的泥巴。""除开酒味，父亲身上还有很多种味道，汗味、苦味、酸味，各种滋味，那是一个老农民的味道，那是一个父亲的味道……"卢燕笔下的父亲，肩头承载着一个家的重负，她理解他、爱他，从牙牙学语到走进大学校门跌跌撞撞的人生之路上，父亲给了她认知生活和认知世界的许多启迪。

卢燕更倾情于她的"二婶"，她的母亲。"二婶"违拗父母，执意嫁给了"二爸"，从此就意味着嫁给了困厄和烦恼，但二婶是千百年来中国传统农耕文明环境中培育出来的勤劳的贤妻良母，她把自己的全部献给了丈夫和儿女。当我读到"二婶"把卢燕的诗集放在枕头下，"每天都要阅读很多遍，有些甚至能背出来"时，卢燕感慨母亲："磨难让二婶掉了多少层皮？她是如何在艰难的处境中求得一线生机的？她又是如何把坎坷岁月锤平的？我几乎知晓全部，又似乎什么也不知道。"是的，历经岁月磨难的父亲母亲，总是最苦最累，把最艰难的一切生活重压都默默承受下来。儿女的温饱、儿女的前程是他们生命的全部，连小学都没有读完的二婶，才会像珍惜女儿一样珍惜女儿的诗集，也许她不能完全读懂女儿的诗集，但那些诗在她的眼中心中，就是她的女儿。

卢燕的散文集除少数是游记类散文外，大部分作品，都是围绕一个"情"字抒写的。无论是同学之间、同事之间、闺密之间，甚至于旅途中、饭馆里，也无论是至亲的外祖母、舅舅、五爸，或者《复原光阴》中为她特意添加酸菜的面馆老板娘，用体温温暖她的女同事，"杀过人、坐过牢"的捻着佛珠的老者和他的处于困厄旅途中又不识汉字的家人，卢燕都用细腻的笔触，抒写她同样细腻的感情。从心灵深处流出的，是一个姑娘深沉的爱和不设防的善良愿望，而且，所有热爱之情、友情、怜悯之情、怀旧之情都毫无矫揉造作之感，都出自内心深处的原始冲动，读来使人动容。

另一种使人能产生心灵共鸣的是卢燕对生她养她的土地的深深眷恋之情。父亲带她去"捏苞谷里的虫……一只只青色的虫在苞谷里蠕动，我翘起手指小心捏死第一只虫，墨绿的汁液溅到脸上，我眨巴眨巴眼睛继续捏第二只青虫。农民的孩子骨子里有一种和泥巴很亲近的情感，我也不例外……"（《二爸》）"巴地白菜的生命力极强，只要下种之后适当补给水分，经霜过后回报你的一定是甘甜……从晚秋冬初下种到严寒冰冻收获，一直都把它成长的过程忽略了，又或是走过的日子恍惚了，没能用心记下来，但那清香依旧是刻骨铭心……"（《在心里有一抹淡淡的愁》）于是卢燕说："我用炽热的爱诉说对这片土地的眷恋，我用至美的词语描绘风景，我用饱含深情的句子描写一份情感。潸然泪下的感动，是我与这土地生生不息的血脉……"（《情怀落地是寸土，满地芬芳溢时光》）

散文集中，哪怕不是专写乡土情怀的篇章，都不经意地流露出卢燕毫不掩饰的乡情、乡恋与乡愁。不是农民的女儿、土地的女儿、生命中充盈着泥土滋养而成长的孩子，不可能有这种感恩土地的赤诚之心，也写不出那种自然而质朴的对土地的感受。

散文集的另一个特点，是作者充满了对人与自然善意的关注与善良的情怀，坦露人性最原始的底色。许多散文篇章中，都有一些小故事。她在玛目都当教师时，留给她的记忆，都是善良的同事对她的关怀；旅馆里，她相信曾经"杀过人的老者"，半夜推开她的房门，只是善意地向她求助，甚至不忍心拒绝老者要她喝的不知存放了多久，据说是从遥远的壤塘带到成都来的"圣水"……在卢燕的笔下，哪怕是童年时那些艰难的岁月，她都毫无怨尤，心海里荡漾着一泓清泉，明澈而温暖。她是在充满艰辛的生活中长大的，她是伴随着泥土的芬芳成长的，内心特别的沉稳与踏实，因为能承载沉重历史和苦难的土地，给了她一颗纯朴而坦荡的心，使她的字里行间充满了生活的阳光。

卢燕是个女诗人，散文集中有许多充满诗意的短章，她用女性独特的视角和感受，表达她的思考与对愿景的向往。正如她在题记中所说："心可以去流浪/没有它抵达不了的地方/它在我们的胸膛里臆想/如何安放一个流浪的梦想……"女人有梦，男人也有梦，心灵的自由会产生对世界最美好的梦想。有梦想才会有希望，卢燕有颗勇敢追求的心，"希望是一株能开花的树，它的芬芳曾唤醒无数濒临绝望的生命。常常哭泣的眼睛，漆黑的世界，是否让你踟蹰前方的路？那就勇敢地睁开眼睛吧，彩虹永远在乌云背后，希望只和无畏的拼搏长在一起"。(《希望是一片孕育奇迹的厚土》)

根植于泥土的情怀，会拥有最纯朴与恒久的生命张力。对生活充满激情，才能品味人生。有苦涩，而更绚丽的是雨后的满天艳阳。

谨此为序。

蒋永志
2019 年 3 月 28 日于都江堰

目 录

灵魂深处，
把梦安放给一颗流浪的心

心可以去流浪

没有它抵达不了的地方

它在我们的胸膛里臆想

如何安放一个流浪的梦想……

稻草人

　　第一次，在这里，葱郁的夏天里，顺着一路脚印从你身旁走过。在一片碧绿中遇见，稻草人的帽子被风吹歪，稻草人的身体没有温度，孤独地站在夏天里，站在太阳下，站在葱绿的庄稼地里。

　　一直用思考填充原先并不饱满的想法，希望给成熟再添一份稳当，所以生命过早就开始了担当，人是有思想的动物，熬不住的时候就会疲惫，梦境中的灵魂也跟着受累。因为梦，我离谱地相信世间有灵魂，梦中有飞旋得甚至感受不到疼痛的身体，有生死两别后的重逢，有现实生活中不能完成的一切。但为何，梦中还有自己兴高采烈、撕心裂肺的情绪呢？此刻，我无知在每一个退想中。

　　一日，我在玉米地边感叹时间，缘由就是："才播种没多久怎么就长半米高了呢？"是少了平日驻足的观察还是只在意了自己眼中的风景？总之，这些问题全是对自己大意的讽刺。放眼远处发现十几个伫立的稻草人，"木偶"——我马上便在心里给"他们"下了这样一个定义。以后的日子，我经常从"他们"身旁走过，到这里总要与同行的人挨近些，总有些怕。越是不想面对就越会无故遇见。某天，我独自随兴致在山间攀爬想找些美景，不料走错了路，看着远处有一位农民正拿着锄头站在路边，便跑过去想问路。跑近一看竟是稻草人，在不知所措中突然面对，不知是吓傻了还是惊呆了，全身哆嗦的我居然一溜腿跑了好远。

　　一次惊吓过后，要么停滞不前，要么无畏前行。庆幸自己是后者。经过一个戏剧的过场，后来我居然执拗地跑到玉米地里去探寻：鸟儿在稻草人的头顶飞翔而过，玉米在他的守护下日渐青绿，蚂蚁可能爬上了他的肩膀，一个没有灵魂的躯体守护着脚下的生命，所有的惊恐在这一刻找到了释然平息的理由："他的来临只是守候，没有昼夜的守候。"大概在某些时候，他也守候了我，守候了周围的一切。伴着风，带着对他灵魂的猜想一切又恢复了如初的平静，不知何时他成了装饰眼眸的一处风景，这些没有温度的伫立不再让人惧怕。

　　稻草人是我无法预料甚至没有负担的相遇，没有任何情绪渲染，以一种未加修饰的原始感闯入我的生活。一刹那，一瞬间，他给了我一个路过回望的理由。

　　我被光阴推着不断向前奔走，重叠的脚印驻足相同的地方，我总在一个地方停留，远处的稻草人，这片土地的守候者，我们在一片葱绿中对望……

父亲和母亲的年轮

fuqin he muqin de nianlun

家国情怀抒壮志　无悔青春炼赞歌

　　青春是一场无悔的誓言，我们把蓬勃的朝气投入国家建设事业，在共和国不息的血脉里立志发奋图强。青春是一场酣畅淋漓的表白，含苞的花蕊散发清香，晶莹的露珠放大希望，奔腾的长河闪烁太阳的光辉。青春啊，无数次我为你歌唱，赤诚的愿望散发光芒，我们像飞舞的蒲公英，只要祖国召唤，就会扎根在祖国的土地。

　　韶华一去难再复，青春发奋争荣光。我们是跳跃的音符，每一笔动人的勾勒，都在谱写辉煌的画卷，壮丽的祖国山河是我们敦实的依靠，唯有自强不息才能激流勇进。年轻的生命在奔跑，挥汗如雨的青春昭示着希望，我们的信念是不灭的斗志，轻盈的微风吹拂大地，辽阔的翅膀飞过蓝天，宽广的大地长满了希望。

　　血液里涌动的澎湃是忠诚的信仰，我爱脚下每一寸土地、每棵树、每条河流、每颗闪烁的星辰，我们满载朝气，欢快的节奏在大地上敲击前进的节拍，我们是新时代的希望，青春在伟大的怀抱中翱翔，每次驰骋，都能看到广袤的希望。

　　奔腾不息的黄河里，有祖先的倒影，灿烂的文化在五千年的底蕴里熠熠生辉，一脉相传的记忆在现代文明的冲击下复苏，我们肩负传承中华优秀传统文化和实现中华民族伟大复兴

005

的光荣使命，青春的肩膀或许还有些稚嫩，清澈的瞳孔早就看到了光芒，那笔直的希望，同太阳的光辉一样温暖。

明天的太阳在地平线上闪烁黎明，我们在美丽的年华里奋斗不息，忠诚的信仰和旺盛的斗志激励我们前行，未来的曙光就在眼前，第一道光芒打开瞳孔的时候，世界就被温暖包裹。

青春是一场无悔的誓言，我们以昂扬的斗志宣誓：年轻的生命不息，我们的奋斗不止，祖国大业繁荣昌盛，是我们每个人肩头的责任。因为青春，是我们共同的名字，因为青春，我们每个人的生命都在灿烂的年华里闪烁。

梨花殇，怜相惜

　　每年我都在盼望金川的梨花，河畔的清风把春天吹成满树的梨花。可是学业、工作……诸种离开的理由让我盼望的梨花凋谢成了三月的忧伤。指缝间光阴流转，从上大学到参加工作也就六年之久，我总与梨花盛开的日子错过，即便有心，也总是有等不到的遗憾。

　　今年（2014年），我在春日的高原包裹温暖，严实的行头还在与凉净的冷风对峙，几场乍暖还寒的春雨过后，这根生的思念就隐隐发作，究竟人是凡物，缭碎的思绪总会扰乱自己。

　　再是高原，春是会依着规律来的，怕自己娇气了，一直还觉得冰冷，一阵风、几下寒战都要碎碎念半晌。"冰凉的日子就得要自己浇种温暖"，我常这样自勉勤恳。做好每一个当下，时日一长也就成了习惯，很多时候，我把所有心思都专注在一件事情上，渐渐就忽略了周围的一切。我甚至忘记了脚步需要停歇，也就是在这时候，在这匆忙的过程中路过梨园，也遗憾地错过了每一年盛开的梨花。那时候，那几年，我的心、我的眼睛来不及看枝头的梨花，我忙着奔波，忙着与奔波相关的一切……

　　笔下的文字有些悲悯，本想今春依着梨花温暖笔下的文字，也未能如愿。盘算好日子，相约枝头再见，再不想遗憾却也还是遗憾。种种琐碎牵绊，枝头的梨花无法与时间赛跑，它们也跑步不过时间，风雨一袭就落满一地。

苦煞我日夜相思，好容易车窗一抹，你还是负气结伴了新绿，再不用洁白等待。我依那思念找寻，你亦掩面谢落，不愿相见，让我来年守候枝头，此刻，你只给了我满地的花瓣。近在身旁却错失眼前，依着心性却又害怕愁绪。苦负于你，还留恋我满地洁白，悔不该当初轻许，空留你枝头黯伤。

怜花惹愁绪，罢了，我终被牵绊带走，终被生活左右，今春无缘，盼你来年繁开。

在年岁面前，我守着你，再不会注定无缘。我要看的花，都在那山里，都在那溪水边，你只伫立不动，我从奔波而来，绝不失约。

情怀落地是寸土，满地芬芳溢时光

　　带着情怀去生活，偶尔赞美生活，努力拼搏的同时也向生活撒娇，高兴的时候自由奔放，难过的时候绝不压抑悲伤，豁然开朗的空旷，是种满情怀的大地，美丽世界等待我们相拥，每寸光阴都弥足珍贵。

　　炙热的情怀一直追求伟大的梦想，华夏五千年的希望凝聚成伟大的中国梦，我们把五千载岁月命名为奇迹，情怀落地的时候，就会开出希望。

　　我们是平凡的生命，在匆忙的旅途里创造自己的天地，宽阔的土地上有我们的足迹、奔涌的江河里我们翻滚着浪花、湛蓝的天空划过翅膀，我们正迈步伟大的征程，情怀落地的声音铿锵有力。

　　耕种快乐，得到的是快乐的果实；耕种希望，得到的是一片广阔的土地；耕种梦想，收获的一定是灿烂的未来。只要有坚定不移的决心和敢于尝试的勇气，就会克服一切艰难险阻，要知道，一往无前的胆识，是滚烫的情怀。

　　我用炽热的爱诉说对这片土地的眷恋，我用至美的词语描绘风景，我用饱含深情的句子描写一份情感。潸然泪下的感动，是我与这土地生生不息的血脉，因为情怀，早就根植在了心田之中。

当涉足一片陌生的土地时，美丽的风景陶醉了异乡的梦。我在那里呼喊，也在那里奔跑，遥远的回声翻过高山，回荡的旋律正中心怀。从陌生到熟悉，情怀扎根的土地上，那爱是厚重悠远的歌声。

我爱这土地，如此深沉，我爱每朵鲜花、每棵小草、每座壮丽的高山、每条蜿蜒的河流；我爱每个生命、每张笑脸、每份平凡的工作、每项执着的事业。因为一份坚定的情怀，我们走遍了祖国的高山大川。

情怀落地是寸土，它见证一切生命的生长和每朵花开的希望。我们是一粒种子，经过风吹雨淋在苍茫的大地上生长繁衍，我们在交替的四季中变换颜色，在蜿蜒的生命历程中感受厚重希望。

情怀是一颗坚韧的心，暗夜里鼓舞我们前进，逆境中激励我们奋发；情怀是一方肥沃的土，春耕时播种希望，收获的一定是满园芬芳，馨香的花蕊溢满时光，缓缓流淌的是一往无前的执着。如此，就让它在岁月里茁壮生长吧。你看，美丽的时光已经开出了芬芳的花朵。

谁酿造了梦

母亲做了一个梦，生了一个丫头。

一季春秋光阴，她在牵挂里重复年岁，距离分隔的时光，谁把思念遥寄给远方的孩子。

思念让一个人无尽孤独，也让一个人无尽遐想。谁在孩子玩耍过的地方停留？谁在孩子的书桌前发呆甚至哭泣？谁在别人身上找相同的影子？……

想撒一张网，捕捉所有快乐，在过往的片段中依偎温暖，在臆想的影像中与时光嬉闹，在思念里填充期望，在梦里安顿好一个家。在一瞬间、一眨眼之间，夜，扑朔迷离地掩盖光芒。梦境清晰如现实，或者梦是现实的延伸，梦把现实中不能蜿蜒的路铺展得好长好长。

沐浴岁月赐予的光辉，看到孱弱到极点的尘土努力撑起一棵树，蹒跚学步的树苗把尘埃固定成一方土，世界以这样的方式无限蔓延和扩充！

梦里的世界很奇妙，梦里的笑声很清脆，梦里的眼睛很清澈，每种程度都揭示着不一样的密码，密码背后的秘密是藏在我们身体里的一种思考。我总认为瞳孔拓展开了另一片梦境，是梦中的梦，所以，我才能用清晰的视角看到梦，梦才真正能够被眼睛看到。

父亲
和
母亲的年轮
fuqin he muqin de nianlun

　　我们都是梦境中的第三者，站在自己的幻觉中看发生的故事，我们只能任由梦境蔓延，任由故事发展，怎么创造梦的人却无力控制每个梦的结局呢？

　　我们都是平凡大千世界中最简单的一粒沙，在时间的长河里流失掉了青春，流逝掉了原先的坚持。彷徨和未知压抑着我们的神经，每一根血管都在涌动。我们试图延续那些坚持，延续不可触摸的思想、梦酿造的空间，我们终究无法触及。要有一个多么庞大的思维，才能驾驭飞翔的梦？

　　未来的路途在辛勤的脚步里延伸，我没有铺平崎岖前程的机械，也没有充裕的背包，脚步验证的路途始终要在现实中去跋涉，翻过一座山，蹚过一条河，直到前路的汽笛鸣响，船舶驶抵港湾，温暖如翼的梦就不会再疲惫。

生命是一场盛大的相逢

　　一声啼哭，我们来到这个世界，睁开蒙眬的眼睛，空气里的尘埃已经匍匐成了宽广的土地，所有希望都在那里孕育，一切与太阳相关的温暖都在努力发芽。

　　生命是一场盛大的相逢，从出生的时候开始，血缘就让我们相遇了最慈祥的爱，在温暖的呵护中，我们看到了第一缕阳光，闻到了第一缕芬芳，爱和坚韧不断在岁月里磨合，所有期待都随生命而茁壮，终有一天我们会相遇更美好的自己。

　　我们在时光里匆匆流转，只有记忆能够追溯过去的时刻。我把生命解释为一场盛大的相逢，因为它只有一次，就像时间回不到上一秒，弥足珍贵。

　　生命的历程里写满了感叹，每段旅程都充满着惊奇，朋友是旅途最温情的陪伴者，像一壶佳酿，经过时光酝酿，历久弥香。朋友是荒漠里甘甜的泉眼、寒冬里温暖的炉火、困顿时心灵的开导者，他们把山谷里的呐喊回荡成惊雷，把险隘的山崖铺成大道。朋友，他们是清晨的翅膀，永远把希望带向远方。

　　生命是一场盛大的相逢，爱人是最忠诚的守护，他们把相濡以沫的守候写成日记，字里行间散发的全是玫瑰的馨香。是的，也许缘分指引着遇见，我们选择无悔的相逢，疲惫时的热茶、病床边的守护、困境里的安慰、低落时的鼓励，唯有彼此珍重才是最长情的告白，感恩生命让我们相逢在这烂漫的时光里。

我无法解释这场相逢，就像每天都会看见太阳、山岳、河流……我们让记忆栖息在青草的脊背上，它像露珠一样晶莹透亮。这个世界，生命是一场盛大的相逢，和你，和我，和这世间的一切。

守候希望

身体蜷缩成一粒种子的时候，小草怀着绿油油的希望。太阳牵来光明，月亮迎来星辰，昼夜交替的神奇时光里，种子在泥土里安静地发芽。

我把眼睛望向千里之外的时光，炙热的光芒把故事摇曳到远方。那里，祖先开拓了土地，挥汗如雨的劳作让希望开出芬芳，美丽的花朵结成果实，甘甜的收获缀满喜悦，子子孙孙都在山河的怀抱里绵延。

我在等待，等待一粒种子冲破黑暗；我在等待，等待希望向伟大的光明伸展；我在等待，等待露珠均匀地铺展在绿色的叶片；我在等待，等待芬芳开遍这世界的每个角落。

美丽的旋律流淌成溪水，太阳在清澈的波纹里散发光芒，流经的土地生长着炽热的爱。谁能告诉我年轮的秘密，月亮带来的答案是数不清的夜晚。原来，一粒种子在不经意间长成了大树。

枝丫举起广阔的苍穹，身体伫立宽厚的大地，一粒种子的力量伸展在天地中。我在树荫下仰望，清风飞过，美丽的愿望在云朵里闪光。

土地孕育伟大的生命，壮硕的身姿回馈无限希望。冲破黑暗需要勇气；直面风雨不倒，需要毅力；站在苍茫的宇宙中与

灵魂深处，把梦安放给一颗流浪的心

四季一同变换颜色，需要亘古不变的情怀；于千万年中屹立不倒，需要始终如一的坚贞。

种子是轻盈的尘埃，风把它带到哪里，就在哪里扎根，它的脚步遍布天涯海角，有的开成了花，有的长成了树，有的是摇曳的水草，有的是奔腾的绿浪，有的是宽广的草原，有的是漫山遍野的杜鹃。

时光养育我们长成一棵棵参天大树，在漫长的岁月里勾勒美丽的风景。脚步走过的地方开出了鲜花，许下的心愿都长成了绿油油的希望。

一粒种子代表着希望、智慧、坚韧和屹立不倒的品格，我们每个人又何尝不是一粒种子呢？天南海北四处扎根，戈壁高原从不拒绝开放。脚下的土地埋藏着无数希望，生命向着太阳努力生长，奇迹播撒在世界的每个角落。

顺手的事

　　"帮我拿个快递。""顺手帮我递个帕子。""顺路帮我买点香菇。""晚饭煮火锅，下班后顺路去超市买点菜。"……这些都是小事，举手之劳的事，不费吹灰之力就能办到的事，往往正是这些琐碎的小事把人耗费得精疲力竭。

　　用我们的话叫"使嘴"，甭管别人方便不方便，使嘴的人只管得劲安排，反正就是"顺手的事"，算不上劳烦，至于人情，还得另说。

　　记得读大二那会儿，刚考完最后一个科目，我便兴高采烈回寝室收拾第二天回家的东西。这时电话突然响起，是同系刚毕业的师姐打来的，我想平日也不常往来，怎么突然这个时候给我打电话。接过电话之后，我方才知晓，原来她想托我帮忙带她朋友的毕业证回家，反正我也要回家，顺便。她口气显得有些轻描淡写，我却不敢马虎，拿到毕业证后我小心翼翼地放在了行李箱最底层，好几件衣服压住它应该很安全了吧，这是很多人的观念，只要东西放在最里面，那绝对是最安全的。那一晚上，我翻来覆去睡不着："万一行李箱被人偷了怎么办？""万一中途转车行李箱被人拿错。""万一第二天醒来毕业证不翼而飞。"……虚拟的各种情况在谋划毕业证将以何种方式消失，想到这些我立马起床把毕业证重新放进了我随身背的书包

灵魂深处，把梦安放给一颗流浪的心

里。第二天赶路我随身贴着书包，时不时用手轻轻拉开拉链，看看毕业证还在不在，时不时又隔着书包捏一捏毕业证硬邦邦的外壳，我生怕自己的过失给别人带来不便，那样我良心不安。

到家后我立即联系当事人来我家取毕业证，直至完整无缺地交到她手中我的心才落地。

我在乡下教书时和一位老教师关系颇好，因为平日多受她关照，一次她因事请假委托给我一些事宜，我都逐一帮忙办了。包括她课桌上忘记收纳的零钱，我数了一下总共二百零八块五毛，我第一时间打电话告诉了她钱的数目，她在电话里嘱托我周五的时候顺便带到县上转交给她。我小心翼翼地把钱放在席梦思下面，至此之后每天我都要抬起厚重的席梦思数数钱的数目是否一致，来来回回折腾好多次，终于在周五那天把钱如数交给了她。

我对这类事情通常很认真，把别人委托的"顺手""顺便"当成天大的事，受人委托哪里敢有半点马虎，万一办失手了，落得一身怨不说，恐还要影响以后的人情往来。

我把"顺手""顺便"之事分成三种情况：一来是他能办，当下却办不了的事；二是他确实没有能力办到的事；三恐怕是躲懒不想做的事。只要别人委托给了你，你就绝对能办到，是对你的能力和品质的双重肯定，好于这些面子，我的确帮人办了很多"顺手的事"，也跑了许多腿。

我也有不耐烦的时候，偶有抱怨，是人之常情，毕竟我们没有多余时间专门去完成别人"顺手"的事情。我们大多的精力忙着处理自己在工作、生活中一系列繁杂的事情，能多分一个身去完成别人嘱托的事也实在不容易，各方当事人都该有些体谅。忙不过来拒绝你要体谅；别人确实不想帮着办的你要体谅；没帮到位的你要体谅……

所以，能自己办的事尽量自己办；托人办理的时候预想一下最坏的结果；事办砸了别去怪别人；多考虑一下别人的感受……这样，很多没必要的"顺手"就转换成了有效的时间，人们主动为自己服务的积极性也会提高，久而久之办事效率自然也就提升了。

你想让我帮忙，我也乐意为你排忧解难，话到这里，关于"顺手的事"只能仁者见仁智者见智了。

岁月积淀的礼赞

可能是不想动，也是因为懒，很想专门腾出时间整理当前的烦琐心绪，伴随温暖的阳光，种种打算也在闲逸、懒散、嬉笑中作罢，心头一直挂念，就是行动拖了后腿。

别居高原，我有如雪域一般广阔的憧憬，云朵降低姿态以雪的样子来到世间，放眼望去，山间的雪在云深处，莹白的雪回馈给大地天上的颜色，和云朵一样的颜色。

我在卡拉脚中心校任教，在学校品尝着四季的感觉：盎然舒适、热气炎炙、画意诗情。唯独"消化不良"的还就是这冷风刺骨，大抵是待到了第二个年头，仍是怕极了。当秋渐渐隐迹的时候就期许着："慢些吧，慢些！别让这已冰沁的手指撩开酷寒的面纱。"疯疯癫癫地说了讽刺自己的话，四季的轮回交替哪会因我的祈祷而改变，冬究竟还是毫无顾忌地来了。

春季栽种的松树也没能熬过，它干枯无力地伸展着自己，已经彻头彻尾地消溺在了酷寒中。几阵寒风，枝丫晃动，它也曾鲜活地站立，只有脚下的泥土依然忠诚于它，紧紧围抱着它那已经没有了生命的枝干。学生们还在整理、捡拾它身旁的杂草……目触殇情，遗憾自责："悔不该一滴浇灌的水珠都不曾给予，偶尔的培护都不曾坚持，寒风肆虐也无力保护。"每每留心从身旁走过，细细用目光触摸着它，情绪反复也是难免。

总在重复的日子找寻别样的时刻，存在与感悟总在一瞬间爆发。但凡入本心融了实意就自认是好的，情绪间的欢喜悲寥也就甘愿受着。冬日酷寒的清晨，几声鸦叫犬吠倒是让我没有了睡意，伴随刺骨的冷空气，飕飕地哆嗦着身体，聆听四周，被窝里便开始了文字的遐想。中午沿着弯曲的公路闲转，成群乌鸦旋游天际，抬头观望，倒是叫阳光刺痛了眼睛，就由这黑物，偶尔就得触伤几分神思。夜晚，在冷风与笑意中观览皓月繁星，任尔酷寒冷风，我自跳动身体取暖，身体一热也就延长了观望的时间，不然在冷风中，我绝对不会停留超过三分钟。

　　本来年轻，不敢随意癫狂一生，就必须得多听教诲箴言，从中自悟。岁月回馈给我们嬉、笑、怒、骂、爱、恨、别、离。在不同的时间段，不同的性格趋向中让我们相融、相知、相离、相怨，每一个活动的生命又用欢笑、泪水、埋怨解说着别样的人生。

　　每个人都沿着属于自己的轨迹生活，只是结缘一份情感便由此相伴，就此欢喜一生。这份情感可能是友谊、爱情和陌路人的问候……

　　岁月提炼了心智，丰富了情感，也该感谢它积淀给我们的礼赞，打磨出了一个明净、独特的自我！

望 山

我望着大山蜿蜒的脊骨
望着那久久不能平复的心事
望着山那边的太阳
望着光芒下土生土长的生命
我的眼睛一直眺望
一直眺望那遥远的地方……

我一直渴望着一个地方，那个地方应该是明亮的，走在泥巴铺成的小路上，吹一阵清凉的风，烦恼就不在了；那个地方可以有满天的璀璨，不用担心夜归找不到坐标，望着天，就能回家；还要有一个属于四季的秋千，轻风荡起爽朗，开怀的笑能勾勒出许多美好的瞬间。

我去过无限广阔的草原，在月牙和太阳交错的时空中看到金色光芒浸染大地，那真是一点点慢慢流进大地骨子里的奇幻景象，那一刻我真想幻化成一匹飞驰的野马，穿进光阴里，义无反顾地疯跑，勇往直前地追着风跑。

可能我真是一匹野马，一匹瘦弱的野马，我的心声只由草原歌唱，我所热衷的情怀只有草原能够体谅。

我特别喜欢海子的《七月不远》，在极爱和柔弱的交错中诞生出凄美的诗句，一切看似平凡，却又那么令人心醉。

七月不远
性别的诞生不远
爱情不远——马鼻子下
湖泊含盐

因此青海湖不远
湖畔一捆捆蜂箱
使我显得凄凄迷人
青草开满鲜花

青海湖上
我的孤独如天堂的马匹
（因此　天堂的马匹不远）

我就是那个情种：诗中吟唱的野花
天堂的马肚子里唯一含毒的野花
…………

每每读到这里，眼睛里都会出现宁静、和睦、水天一色的画面。海子，你怎么就成了马肚子里唯一含毒的野花？

为什么人到一定年龄就会有焦灼的心事？为什么美丽的诗句背后都藏着一段凄美的故事？我总喜欢向远处眺望，把一切问题抛向远处，然后再追着问题去远处寻找。

站在山顶望风景的人，大多是有心事的人，不足以瞒天过海的眼睛总含着深情的泪水，那眼睛倒映着山，倒映着水，倒映着树，倒映着一切。

我向往诗人笔下的生活，向往自由惆怅的日子，向往放牧云朵，向往在苍穹下仰望苍穹的夜晚，向往马背上的牧歌，向往被风吹裂的岁月，所以，我注定是孤独的。我很容易让自己

放下，很容易让自己在纷杂的浮事中看透甚至看开，很容易成
全臆想的思维，很容易做情绪的奴隶，很容易牵挂一切，最后
又了无牵挂。我是一个矛盾体，矛盾得我自己都不知道究竟哪
个是更真实的自己。

　　站在一座山上望另一座山甚至另一座山之外的更远的山
峰，眼睛所到之处都是雾蒙蒙的远方，可能那遥远的地方很
近，就在我的心里，可能那遥远的地方很远，在眼睛也看不到
的地方。

　　一个渴望遥远地方的人，一直在眺望，脚在当下，眼睛看
到的地方是远处。

　　　　我坚信
　　　　所以
　　　　我望着大山蜿蜒的脊骨
　　　　望着那久久不能平复的心事
　　　　望着山那边的太阳
　　　　望着光芒下土生土长的生命
　　　　我的眼睛一直眺望
　　　　一直眺望那遥远的地方……

希望是一片孕育奇迹的厚土

我总抱以希望，无论面对怎样的难处、困顿或彷徨，在无限深邃的世界里，我总相信希望，它是根植在血液里的信仰，随着生命的晃动而遍布全身。

希望是一株能开花的树，它的芬芳曾唤醒无数濒临绝望的生命。常常哭泣的眼睛，漆黑的世界，是否让你踟蹰前方的路？那就勇敢地睁开眼睛吧，彩虹永远在乌云背后，希望只和无畏的拼搏长在一起。

我把一切热烈的期盼都交付于行动，坚持不懈的努力总在过程里积蓄能量，那伤心的叹息、疲惫的坚持和无数次跌倒在泥泞里的酸楚，都被吞咽成了无声的坚持，因为我相信："希望会点亮奇迹。"

河对岸的一棵树，它的倒影是流动的水花，无论奔腾的河水流到哪里，倒影一直在原处。我无数次打开窗户，朝那棵树张望，它有春天的花开、秋日的果实，从干枯到丰满、夏日到严冬，它的倒影一直在河畔，如此坚定。我想它的根一定有超凡的能量，如信念一样根深蒂固，才成就了岁月里一道美丽的风景。

一棵挺拔的大树，它经历过风吹雷鸣、日晒雨淋，我们也如此，会碰到不如意的磕绊甚至威胁生命的灾难。这个时候，

025

要愈加坚强地面对。奇迹永远属于敢于坚持的生命，它也许是历经苦难后的重生，或是困顿劳苦之后的大悟，它一直都释放着希望，只要在困境中坚定信念，就一定会迎着曙光走出黑暗。

我常常把希望比喻为厚土，它让我这颗平凡的种子不断地蔓延和成长，深埋大地的黑暗里，那些发光的星辰就是奇迹。所以，我总抱以希望，无论面对怎样的难处、困顿或彷徨，在无限深邃的世界里，我总相信希望。

心向阳

　　光明是驱赶黑夜的力量，它悄无声息地把光芒带到世界的每个角落，种子迎着它在泥土里发芽，小草沐浴它不断生长希望，大地拥抱它散发无限能量。心若向着阳光，到处都会生长美好。

　　昼夜交替旋转，每个生命都在历经黄昏的惆怅、黎明的惊奇。黑暗里，我们一直把阳光捧在手心，所以泥泞的小路终被走成了坦途，暴风雨后的彩虹才越发明丽。

　　黑暗的颜色，压抑着彩色的世界，任何光芒都被吸附在黑暗身上，它让生命历经滚烫的磨难。奄奄一息的挣扎和努力顽强的拼搏，都在向黑暗宣战，因为我坚信："只要蜕去灼伤的皮肤，生命就会重生。"

　　心向阳光就不会畏惧黑暗，这是一种敬畏生命的态度，因为光芒终会破壳而出。我们像战士一样守护光明，只有坚毅的生命才会点亮希望，所以，我们从不向黑暗妥协。

　　心向阳光，是用积极努力的态度面对生活的种种考验，疾病、贫穷、灾难、死亡，这些我们都无一避免，痛苦、失望、伤心我们每刻都在面对，我们把美好的一切写进春天，像诗一样，在清风吹拂的日子里静待花开。

　　种下一颗太阳，它的光芒温暖着时光，无论寒冬酷暑，我始终向着希望生长，这是生命的本能，就算饱经寒霜，我亦能在春天绽开芬芳。因为光明，我拥有无尽的温暖。

如果可以，把太阳种在心上，让光芒驱赶黑暗，心向阳光，让希望长出翅膀，让自己越发美好地面对生命，面对每一寸时光。

仰仗心绪拥抱文字

近日，在几近慵懒的日子里徜徉，时光反倒又赐予了我多情的感触，在岁月的打磨下那份如一纯粹的本真越显明丽。

在这段闲逸的时间里，身体还是负了思绪，感冒持续不断，本想在斑斓的秋色中游历，伴随几声急促的呼吸，寥寥几步也就不能坚持。眼前秋色触目，总能殇几分情思，就忍不住在漫天黄叶下、几声鸟鸣中感叹⋯⋯

游离在身体之外的思想总喜欢拥抱多情的思绪，头脑也总迁就它构置种种画面，臆想让人停不下来。

我总认为自己是孤独的，我非常享受孤独带给我的思考，孤独让我沉淀了一个安静的思维，我在这个思维中构建了一个精神世界，这个世界可以是过去也可以是未来，它与当下相连，又与现实紧密相关，可能每个人都有这样一个精神世界。

朋友的一通电话让我知晓了明珠河畔的梨花在这萧瑟的秋中独开，满眼欣喜几乎跳起来。缘分指引着我与花遇见，赏花醉倒的竟是自己，按动快门后，枝头的梨花也就成了美眷。我不禁感叹："这哀婉的秋竟也与繁华的春景相遇。"这"稀世罕景"按规律排盘当然也就罕见。

秋天最容易让人伤怀，每闻一段触碰神经的故事也要感叹好些天。生活不会单单钟情某一个生命，每一个生命的历程却又是一段生活。就像这秋自然也不会钟爱梨花，不过几日便要凋谢，独留一段愁绪，真要伤了赏花人的心。

我从来只在春天看到满树的梨花，在秋天还从未见过。枝头的梨花逃过了自然规律？还是它们叛逆地选择在不一样的时光招摇？总之，它们只能开花却永远也结不出甘甜的果实，它们违背了自然规律，违背了生长的规律，随意更改生命密码换来的只会是昙花一现。

我经常被周围平凡的、不足道的小事牵挂感动着，女人真是如水所成，只字言语也热泪滚滚，心底那些柔软本就触碰不得，我也不例外，伤心的时候撕心裂肺，遇见感动也泣不成声，生气争吵又执拗不过也掩面大哭。哭，真的是女人的本事。

每一种心情总有一个宣泄口，哭笑嬉闹，一切随意！

忧愁的眼睛总望着天，笔下的文字总写着自己，文字是情绪最好的伙伴。我有众生的情感，那些忧虑、快乐总会牵绊左右。看了许多佛家书籍，在历练的大智慧中思索着自己，在感触颇多的文字前宣泄着自己，怜悯着我身边每一个动人的故事，在身体欠佳时又拥抱住了自己的文字。文字与我相互取暖，可怜文字背负了我所有的所有，陪同我一起欢笑泪流。

文字，我该赞扬这位忠实的伙伴，你依旧还要陪伴我去遥远的未来，那里依然有数不清的泪水、执拗不断的坚持、疼痛时的恸哭，你都要与我去背负、感触。

此刻，有些文字还依旧在我多情的思绪里跳动，与我亲密地融为一体。

一个人的时候

　　睡眠偷了懒，尽管我很努力闭着眼睛，还是找不到一点睡意，看看手机，在房间里走几圈，倚着床做拉伸，翻箱倒柜找一些书看。总之，瞌睡就是不找我。

　　小时候只要能看到梦就一定睡得鼾甜，现在闭着眼就以为自己在睡觉，我们长大了，只懂得了让眼睛休息。

　　本来朋友不多的我偏偏不爱交际，这一点无疑加大了我独处的概率。独处挺难熬的，一个人要分饰各种角色，然后内心要与不同的事物做着"对话"，这种对话像自己对自己念的旁白，语言在脑袋里默不作声地旋转，与之接轨的行为努力搭建着思维臆想的世界。比如我想洗衣服了，这是大脑提供的无声讯息，把衣服丢进洗衣机，这是我的行为，最后一杆子的衣服晾在太阳下，我原先预想的结果出现了。综合以上，其实一个人独处的时候，思维很容易支配自己的行为，人会变得有主见，自己怎么思考就怎么做，不受旁人左右。

　　一个人独处的时候想的比做的多。无缘由地去思考过往、当下，反复好几遍还是没能找到确切答案。经常思考的人睡眠其实不见得好，为了保持思维的连续性我们往往全神贯注思考同一件事情，白天如此，夜晚更甚，有的人就因为这个失眠。我大概是如此，再掺杂思虑些人情和人际关系诸如此类反反复复，瞌睡当然不会来找我。

杂念会在想法中顺藤摸瓜，想多了的后果就真的是想多了，多余的那部分想法会被现实切除，疼得人生无可恋。

睡眠偷了懒，思维还很勤奋，两者没在一条平行线上和谐共处，反而交错在一起形成了一个毫无支撑力的点，一旦受力不均人就会垮掉。所以，聪明的思维不会陪着月亮熬夜，愚钝的效力可能有数不完的星星。人生来就具有在黑暗里安睡的特质，于白昼中酿造梦幻不过是在人为颠倒规律，消耗自己的时间、健康和精力。

浪漫主义者会把一个人的时光畅想为一种自由的独居生活，因为一片精神沃土能孕养无限思维，身处物质充沛的时代里我们总埋怨自己一无所有，却不知，真正的穷根是思路深处对于遥不可及现实的穷追猛打，只顾欣赏眼前的高山大川，恰恰漠视了精神麦田。最后，人们握不住现实，又丢失了未来，等到"往事成回忆"的年纪再感叹时光蹉跎。

所以，我写了一句略有偏颇的话："大部分人的青春是熬过来的，许多人的中年是等来的，只有青春累积了足够的资本，你才有资格向中年索要一份安稳。"

高情商、高智商、高美商、高学商都抵不过自己思索出的适合自己的道理，真正的量体裁衣是思维与本体能力的高度匹配，这点直接关系自身做人做事的底气和待人接物的分寸。同时，我们也在别人总结的道理中获取了一些经验，在推究别人的道理的时候，提取出新的营养成分，道理中的道理，往往让人豁然开朗。

我们总用自己的脑袋思考别人的事情，总用自己的眼光预言别人即将要走的路，低下头看看自己脚底还沾满泥巴，自己的路都泥泞不堪，还千方百计操别人的心。所以，做力所能及的事，好好体谅我们自己，管好我们自己，这是一种修养。

思维就有这么神奇，自己的事，旁人的事，总想留在大脑里过夜。就像现在，一个人的时候，脑袋特别清醒，能彻头彻尾想很多事情，但别想多了，想多了的后果就如我一样，睡不着！现在就思考十年后的样子，有用吗？

以信仰之名，热衷你选择的生活

喜欢走路，重复同一种步调的同时，移动脚步带来的共振会把情绪带到同一个频率上，身体和情感的完整搭配其实与生命和意识的长久磨合是同一个道理：时间长了，你就会习惯同一个频道发出的信息。

我们打理生活的方式无非是把无休止的琐碎事情整理成有秩序的收纳物，当然，这种收纳是有时间限制的，我们总在挖掘和探究生活的真相，剥离证据的时候，又会出现新的杂乱无章的琐碎事情。所以，适时整理，放宽态度，这是我对生活的慷慨释义。

生活赋予我们情感的同时也赋予了我们情绪，"糟糕透了"和"好极了"的终极转换，让生命磁场不断吸引和容纳新的可能，智慧无限蔓延，情绪也不甘落后，我们开垦生活，生活也无死角地启迪我们，各种作用力下，造就着一个个平凡又不寻常的际遇。

无论生活方式还是对待周遭的态度，我喜欢按照自己的意志去选择，在有限度的基础上消耗自己对物质的追求，为金钱留余地的时候适度开销，不留余地的时候一通花销，这样的方式有点俗，我想，大多数人都是这样。

其次，为自己的思维留一片空旷的想象，这是我一直做的事情，无论现实多么繁杂或是忙碌，毕竟天马行空的意识是现实无法干预的。我们要为成为理想主义者提供一些条件，前提就是："一切的一切都交由自己去选择。"

我们难免要被种种条款限制，许多胆大的孩子长大后成了一言不发的大人，很多踌躇满志的少年被打磨成忧心忡忡的中年人。成长，让我们忘记了选择和热爱，恰恰生活也是需要信仰的。

信仰，是与生命融为一体的坚持，是一种难能可贵的习惯，它让生命本体拥有了一项持之以恒的本领。

任何一个选择都预示着将与另一层关系产生谋和，面对事情如此，面对生活更是如此。

我要热衷自己的选择，因为我知道每一个瞬间都不会平白无故光顾我的生命，我知道每一个当下都是经过深思熟虑得来的因果，我无比热爱我遇见的每一个人，聆听他们的故事，分享他们在生活中的喜怒点滴，以自己的方式来判断与什么样的人接触，以自我沉淀的修养来甄别和选择生活。

在"适合我的生活"和"我想要的生活"之间做选择，我肯定毫不犹豫选择后者。人活到一定年龄的觉醒是发现自我和认可自我，换句话就是依从我们自身的想法去生存或者生活。

生活要有态度，更要用可贵的信仰来信奉你的态度，和未来保持一种我们能够感应得到的持久信仰，你会更坚定接下来的选择和即将要跋涉的路。未来就在眼前，你看得到，并为它保持热爱，是一件很酷的事情。

我们的选择不会出错，我们的判断不会失误，没有人能够精准定位自己的人生，没有人不去应对各种各样的烦恼。以信仰之名去选择，选择你的生活，选择你的存在方式，不在最好的边缘徘徊，一定要去最合心意的领域立足，这样，挺好！

灵魂深处，把梦安放给一颗流浪的心

遇见那些人

　　有一种特别的渴望在脑袋里诞生："想去遇见陌生的一切。"这种陌生大概是一段或几段距离分割出的不同城市，又或是不同人们的遇见，甚至是连自己也预测不到的即将在下一秒登场的故事。反正，想去遇见。

　　周遭熟悉的一切容易把游动的磁场凝固，自然成习惯的时候，一成不变很容易被套上永恒的标签，当我们跳进自己的"哲理"，顽固就一直根深蒂固。

　　不知不觉中我也成了顽固的人，自己说的就是对的，自己做的肯定完美无缺，保守己见的同时又在不断固化自己的认知，短短几年人就变得笨拙麻木。

　　我大概只能在愚笨中极力求生，聪慧、精明调教出的本事一样也没有，我迫切需要去新鲜世界里调整呼吸和重整生命节拍。

　　我爱上了旅行，尽管工作和生活把流浪的时间压榨得几乎为零，我还是对旅行忠贞不渝。一段或几段距离分割出的城市让我看到截然不同的建筑，富有特色且鲜活的地域文化、陌生方言和仔细打量你的眼睛直接把时间嫁接在空白和初始状态里，离开熟悉常态，你可以在这样的空间里畅快游离，面对陌生恰恰多了一份坦然和淡定，内心被一种前所未有的轻畅抚平。

可能是自己给自己的压力过大，又或者是自己太在意熟悉的人们给予的评价（我觉得那些评价都带有偏见，不公正甚至具有攻击性），抑或是评论自己的人实在难以应付，所以，我选择了钟爱远方。这是退无可退，也是海阔天空。

我在旅途中遇见过这样一对夫妻，两人四十有余，男人是公务员，妻子自己经营一家小公司。初见他们，女人骨瘦如柴，金黄的头发在太阳的照射下格外耀眼，黑色外衫搭配着一条墨灰色牛仔裤，女人很漂亮。男人话不多，举手投足气度稳重。女人不失亲和地和我们聊着："你们是哪里人？""打算在这里待几天""出来也是散心吗？"一连串的问题让我不知道先回答哪个，到最后我只说了一句"散心"。见我没有多说，女人没有多问。

相遇很奇妙，一群人当中的几个人总能不自觉走到一起，我们就是如此。吃饭时我们会不约而同坐在同一桌，闲转会不自觉聚拢到一起，好东西会拿出来分享给彼此，一起合影或拍美丽风景……我相信，向你靠拢的人，都是因果中注定要遇见的缘分。

相处第三天，我们到了大理崇圣寺，寺院绿化带里安装着许多隐蔽的音箱，里面循环播放着佛乐《心经》，我放慢脚步独自走在他们后面。"每个人身后都拖着长长的故事，光阴掩盖的都是饱经风雨的段落。"不知为什么，脑袋里突然冒出这样一句话。在恢宏的建筑中，我们格外渺小，我似乎忘记了周围的风景，内心无比沉静，那时候仿佛才真正感受到了我自己，可能在这样的环境中才能把内心极为静谧的一面呼唤出来。忽然女人走过来拍着我的肩膀说："你好瘦。"我仔细看了她一眼说："你也挺瘦的，身材很好。"女人说她有八十九斤，还觉得自己胖了些，说着要如何减肥，我无法将这个话题继续下去，在佛门讨论有关皮相的问题我觉得不合时宜，女人看出了我的不情愿假装低头看手机忽略了眼前的尴尬。不远处的三塔格外显眼，我们步履匆匆赶往那里，一路上女人紧跟着我走。

男人与男人的志趣相投，是豁达与敞亮，女人出门看风景，男人出门找胸襟。或者，我们都是失意的人，伪装一些借口给旁人，看似体面而已。

景区的食物一般不便宜，能在景区做生意的小贩也不穷，所以他们不以游客的穿衣打扮来辨别身份，在他们那里一律平等，该排队就必须排队，且人人都平等，五块钱一瓶的饮料到谁手上都是那个价，加上人工背运，小贵，却也合理。走了一大圈我们又累又渴，女人二话不说为我们每人买了一根儿雪糕，五元一个，是平时价格的两到三倍。她挤在人群中排队，满身汗，真是舍得，这几天的相处让我知道她缺的不是钱。

景区是不讲价的，讲价的话后面的游客会觉得浪费他们的时间，反而会说讲价人的不是。或者说，来旅游的人，心在风景中，钱乃身外之物，谁会拿储存的财富购买不愉快呢。

但是，第四天女人却用自己的钱购买了一口袋狼狈。

从蝴蝶泉下来的时候，我和她结伴购买水果，大理的水果种类繁多而且价格便宜，我买了蓝莓和水蜜桃，见她还在挑选，我便站在不远处等她。等她过来的时候，我见她提了四五口袋，我没好意思盯着她手中的东西看，其实，她把我们每个人的口味都考虑进去了。一上大巴她就分发给我们并且嘱咐我们一定要吃，可能水果水分较多的缘故，四个多小时的车程，我至少上了三次厕所。女人呢，半路拉肚子喊停了两次大巴车。由于是夏季，水果很快就失去了新鲜的口感，男人劝女人丢掉，她舍不得。怕男人趁自己不注意丢掉，女人连上厕所都提着口袋。看得出来，她不浪费每一个用钱买来的东西。

大巴车停了，他们就要转站去昆明，面对突如其来的离别我一点准备都没有。男人下车取行李，女人留在车上与我们告别，由于司机催促，我们只各自留下了一句"保重，有缘再见"。

　　我靠着车窗不断与她挥手，直到他们的身影在我的眼睛里彻底消失不见。随着手机铃声的振动，我收到一条信息："再见，小妹妹，这次旅行最大收获就是遇到你，在海景房的那天晚上，就特别喜欢你，别人都忙着找导游沟通要位置合适的房间，只有你一个人守着行李站在酒店门口吹风，一开始我以为和你应该很难接触，第一印象你太高冷了。没想到相处几天下来，我居然特别喜欢你，喜欢你身上那种感觉。其实好多次特别想和你说说话，我觉得自己特别不幸，总在疯狂和理智之间为生活做选择题，我的心太重了……"看完信息，我很懊悔为什么那天在崇圣寺要拒绝和她聊天，可能在宁静的环境中，她也想诉说，她的心太重了，她想以诉说的方式吐露内心的沉重，以此让自己的心变得轻盈一些。此刻我只能深深自责。

　　离别后，陆续在她朋友圈看她最近几年的生活，红酒西餐物质充沛，出差奔波忙于应酬，在家遛狗养猫自在悠闲，她是个强人，也是个弱者。

　　后来仔细回忆才发现，她的眼睛里没有光，只流窜着片段的风景，在风景里她也是风景。偶尔我们会发信息问候一下，她不会隔着手机在文字里嘘寒问暖，她不说，我不语，最多就是那句岁月珍重，期待重逢。

　　后来的后来，我又遇到了好多好多陌生人，我开始了倾听。从她开始，从那次懊悔开始，我学会了倾听路上几乎遇见的每一个人的快乐沮丧和苍凉悲哀。

　　遇见陌生的人，开启一段段陌生的体验，这笔宝藏深埋在光阴里，只能用时间和宽恕去挖掘，谁也没有胜算，谁也不会

灵魂深处，把梦安放给一颗流浪的心

受到光阴的特别关照。

无论跋涉多么遥远的地方，若心走不出桎梏，茫茫野草是永远不会追着太阳奔跑的，到最后荒芜的还是人心。

陌生的遇见可能是一把钥匙，只有打开这扇心门，我们才能看到更广阔的世界。

我突然想去遇见他（她）们，每时每刻！

在心里有一抹淡淡的愁

　　有一缕炊烟，缭绕着曾走过的时光，飘向湛蓝的天空，消散在远方；有一抹颜色，总在冬天泛出翠绿，咀嚼这抹绿，甘甜会反复沁润心脾……

　　与朋友小聚农家乐，一见面就寒暄着离别后的变化，事业家庭、社交朋友、胖瘦穿着……冬日的阳光总让人酥软，我们相互斟满彼此杯中的茶水，随着爽朗的笑声慢慢品味杯中的味道。金川县城被一座座山峦包围着，农家乐就开在关山脚下，周围山地里缭绕着烟雾，那是农民在焚烧玉米秆，我仿佛能闻到远山的味道。在琐碎的问候中老板已经把热腾腾的面条放在了跟前，几片菜叶覆盖着面条，这勾起了我在田地中奔跑、在泥巴里打滚的记忆……

　　曾经，我就在烟雾升起的地方捡拾玉米秆，全身上下都是枯枝碎屑和烟熏的味道，沾满黄土的棉鞋，总会靠近燃烧的火苗，阳光下，皲裂的小脸被烤得通红。那时，我从来没有嫌弃过烟尘，拒绝过泥土。

　　一天劳作结束，回到家，不用交代，生活早已教会了我要先把灶里的火生起，把大锅里的水煮开，以便母亲喂猪做饭。在我做这些的空余，母亲就蹲在水沟边淘洗白菜。她把白菜的碎叶取下，装在一边的筲箕里（碎叶可喂猪），巴地白菜的秆叶较粗脆，每掰下一片叶的时候都能听见清脆的声音。

深冬，酷寒把大地凝结成冰，若是早晨浸过水的白菜一定会附着细碎的冰碴儿，母亲的手被冻得通红，我和弟弟坐在温暖的灶前，等待美味下锅。

当一碗热腾腾的面条端在手中时，我和弟弟最先做的就是数自己碗里的菜叶，我们总不喜欢吃白菜的秆，因为嚼不碎，茎拉叶扯很难吞下。面碗里，母亲只给我和弟弟放菜叶，菜秆大多就在她和父亲的碗里。

巴地白菜的生命力极强，只要下种之后适当补给水分，经霜过后回报你的一定是甘甜。记得那时，我撒种，母亲匀土，因为不熟练，长出的白菜并不均匀。没想到种子的力量会如此强大，到深冬，一大片白菜占满了田地，一朵朵如青莲盛开。一场雪，那苞芯含露出雪白，又像是盛开的雪莲，冷酷的冬天里，这抹绿一直在努力生长。

每天重复着二十四小时，我们在这个时间里渐渐长大，不知什么时候那片地再没种过白菜，只有刚下种的洋芋（土豆）占着地方，零星的几棵白菜伏在田埂上，我小心拔了一棵，靠近深吸，泥土的芬芳和舒心的香气占满大脑，占满记忆。从晚秋冬初下种到严寒冰冻收获，一直都把它成长的过程忽略了，又或是走过的日子恍惚了，没能用心记下来，但那清香依旧是刻骨铭心……

一碗面里的菜叶于现在还是用心备至，我不再挑拣，那些曾经咀嚼过的幽香在这里重新被找到。

我一直觉得自己会成为异乡人，但始终不知道自己抵达的地方在哪里，躲在乡愁的屋檐下写诗，或者站在许多个路口等待选择。为什么会有这样的预感？可能在我心里一直装着淡淡的愁，这愁是什么，竟连我自己都解释不来！

父亲和母亲的年轮
fuqin he muqin de nianlun

站在海上想一些事情

面对空白的压力，我向陌生的海丢弃了一些语言，捡到这些烦恼的人，也是千里之外的浮萍，之后我渐渐淡忘这寸记忆，在我大脑里痕迹被浪花抚平，谁能找到一丁点线索呢？

在旅途遇见一些陌生的人，不过交谈几句就把对方忘得一干二净，甚至都不用刻意去忘，自然而然地他就会在你的大脑里消失，并非人心无情，实在没有刻骨铭心，没有痛过、爱过、哭过甚至恨过，我在无数颗沙粒聚集的海岸上嘶吼，有时泪如雨下，有时彷徨不前。海岸边的人们冷漠又陌生，躲在文字的角落里跌跌撞撞记忆。

日子一天天拉长，陌生，我的屋檐是四面没有墙的伞，可能他们是同一种饱经风霜的人，经历得多了表情就变得麻木了，我的无数种猜测，在浪上漂泊……

我是个悲悯的人，相逢的必然结果是分离，分离是为了更久远的期待，再一次重逢，不知是喜是泣？怀着原地踏步的笨拙姿态来守护，光阴大概在同一种状态里生生不息。

很长一段时间我未能走出一种状态，这种状态桎梏了我对其他事物的思考，或者说，我的脑袋已经不听使唤了，除了海岸边的影子，谁能捡拾贝壳呢？我丢下的嘶吼并不随我移动，它们去了更远更远的地方，沙粒中的符号被人们踩平，一粒一粒如光阴一般沉在海底。

誓言被夜色蒙上灰尘，月牙斩断小草，一切还未开始，星星就已在摇篮里陨灭。

猜测几乎要在失望中终结，失去光亮的眼睛还在渴望浪花，掐灭火焰的人是谁？这样的责问与夜相关，与很深很深的黑暗相关。

后来，我有了一种真实的错觉，它能左右我的生活，让人哭，让人笑，甚至让人发狂。我开始排斥一些语言，但在内心又极力渴望一些文字出现，尽管它们只能依靠我的臆想来维持存在的温度。

站在光阴背后，偷窥岁月蔓延异彩，这样的心情让人期待更永久的永恒，只是后来光阴也偷了懒，海岸边的沙粒湮没海水，所有期待都变成了沙丘，心随着风移动，与光阴没有任何关联。

海上的浮萍，注定随浪花去更远更远的地方，所以，海岸边的人是谁不重要，我只要记住那一行脚印就可以了，我们注定要去遇见不同的风景，注定要去遇见更多更多的沙粒和更多更多陌生的眼睛，有的人遇见了便是一生，有的人遇见了也错过了……

流韵时光，
抵达一道明亮的光

触摸与年轮相关的一切

时间衍生光

光衍生万物

我们循着光源去抵达

抵达时间安排好的一切……

被窝里的温度

　　深秋还未完全收拢尾巴，我就把电炉和各种取暖的工具派上了用场，明晃晃的光芒照亮整个房间，在臆想的猜测里这时候大概已经入冬了。

　　我很怕冷，对于冷的畏惧让我蜷缩成一团，厚重的衣服不分季节往身上套，抵御寒冷的意志在临近冬的步态中蹒跚，妥协甚至瓦解。许多人建议我吃中药或者像鹿茸之类增加内热的补品，我尝试过一段时间，药入口就作呕，狼狈的样子实在难堪，最后不得已作罢。那段时间，胃被药水充满，冬却依旧冷得可怕。

　　后来我去了更冷的康定（姑咱）读大学，毕业后又到了卡拉脚教书，自此以后，冬天仿佛更加凌厉了。

　　又是初冬，我坐在温暖的电炉旁，电炉丝散发的温度让人有一阵眠意，这样的场景让我回忆起一个人。

　　她是我在学校的同事，长我两岁，却已是两个孩子的妈，我们同搭一个班，她教数学，我教语文，不仅如此，我们还同住一个寝室。我语言很少，每次上完课就回到寝室，要么打开电脑，要么批阅作业，除了晚饭之后与同事们相约一起去散步，其余时间我是连校门也不会出的。冬天，她把学生组织在操场跳锅庄，偌大的圆圈随着音乐转动，学生们手舞足蹈各种

动作，这时候她总在楼下（我们住在三楼）大喊我的名字，我打开窗户，她会连连招手示意我下楼跳锅庄。见我半天没下楼，她会喊一两个学生上楼来找我。一开始我很抵触，碍于为人处世的情面还是会下楼。见我下楼后，我们班的学生一下拘谨了起来，他们的眼睛不约而同望向我，她一下子拉起我的手，大声说："你太严肃了，年轻人要活泛点，你看学生都害怕你。"

想来也是，课间十分钟，学生们在操场上玩耍嬉闹，只要我一出现就立马全部跑回教室，她经常诉苦："卢妹上完语文课，我接着上数学，学生全是蔫儿的。"一天，我和她坐在乒乓球桌上晒太阳，我们班的学生正在上体育课，她突然把班长智麦叫过来，问道："我和卢老师你怕哪个？"智麦脱口就说卢老师，她又问："卢老师和校长你怕哪个？"智麦的回答依然是我，一时间她笑得前仰后合。

她经常把大家召集在一起，共享一炉火，谈细碎的生活，开青涩的玩笑，憧憬未来日子。那时候，她的每句话都温暖过冰凉的空气，尽管一开始我很反感她张扬的性格。

我经常熬夜，夜色中以一炉火的温度敲击一些细碎的文字，漫长的夜被不断的思考填满，一转眼便是清晨五六点。校长发现后几次劝我不要熬夜，我口头上答应着，后来更是关了灯继续自己的操作。反复下来身体终究吃不消，一次午休可能是我睡得太沉了，她反复敲门没有反应，便自己拧开门进了房间，看我平躺在床便轻声喊了我几声，见我还没反应，她一下冲到床边抓起我的胳膊使劲摇晃，我方才睁开了眼睛，只见她满脸通红，嘴里不断念叨："以为你昏迷了，吓死我了。"我迷迷糊糊看着她着急的样子和微胖的身影，忍不住笑了起来，她一把掀开被子在我腿上拍了两下。

我俩和一位老教师共同搭伙，她变着花样制作各种菜肴，炒菜时我经常站在她身边，她眯缝着眼睛自言自语："盐巴放多了嘎？吃了饭我们就去转散步哈？这顿多炒些，下午热了就吃现成的……"她特别喜欢吃醋，受她影响，直到现在我也习惯在面汤里或蘸水里滴两滴醋。

在青涩的日子里，我看到了烟火人的生机，生活本来就是炊烟和温饱，只是她铺开来，就更有味道了。

卡拉脚的冬天出奇的冷，不喜欢出门的我就在寝室里倚着电炉一直咳嗽，她说："你垫四床盖五床都还冷啊？"后来，每次从街上出发回学校我都要先到诊所打针，她知晓后一直阻止着："把身体惯娇气了看你以后咋办？"说这话的时候她无比焦心和着急，我笑了几声并未作答。某天晚上坐在一起看电视，她突然说："要不，今晚我俩一起睡。"说完这话她小心观察我的表情，其实我很抵触和别人睡一张床，一时间不知道该如何拒绝。见我半天没说话，她立马说道："我就晓得你不得干，你有洁癖，我先回去从头到尾洗漱一下，管你干不干今天晚上就在我那里睡。"说完这句话她便打开门走了，我以为只是一句玩笑，待我回去，她已经整理好了被盖，听着门声她立马走出寝室说道："头发没得办法洗。"只见她光溜着身子，站在那里发抖，我急忙让她上床躺着，以免感冒，心里却嘀咕："人家澡都洗了，估计在劫难逃。"我口头上委婉拒绝着，她厉声说道："要不要检查一下，我真的洗了，快点脱了上床。"我看她快生气了，便要求把自己的铺盖抱过来睡。"这样我俩就隔开了，你还是会冷。"说完这句话她一把把我拉到床边，我极不情愿地上了床，中间却隔得很宽。"你睡过来点儿。"我挪动一点点，她主动向我靠拢，我又翻身背对她，她用手抱住我的腰，一双脚缠在我的脚上，让我动弹不得。

"你真的好冰哦。"说这句话的时候她调皮地在我肚子上捏了一下，起伏的胸口紧贴我的背，炽热的温度一下就传遍了身体，不一会儿便进入了梦乡……

时隔五年，那一夜的温度一直在我的记忆中，我必须承认，那一晚真的很暖和。

现在回忆，我无数次拒绝她，那颗简单的心是否为此受到过伤害，不谙世事的懵懂褪去青涩，经年的记忆回到过去，在这里，在这个冬天里，无比想念曾经温暖过我的那个人。

冬天依旧寒冷，我哆嗦着与之对抗，打开窗户，楼下是空落落的坝子，阳光铺洒在地面，心事与光芒重叠，突然觉得，能把世界围成圆圈的人，本身就很温暖。

复原光阴

回忆里刻骨铭心的故事，组合成片段，在大脑里反复催促自己："该动笔了。"影像会在时间的冲蚀下分裂成碎片而后是细沙，最后便不复存在，这是多么残忍的一件事。为了一切完好无损地复原在记忆里，我决定敲击键盘，记录一些光阴。

2015 年 4 月，冬风还在马尔康街道横扫，我在房间里蜷缩成一团。那段时间，空气里的尘埃都是冰冷的利器，落在脸上，刺在心头，瑟瑟发抖的身体根本抵御不了寒冷，窝在屋里要比外面暖和得多。现在想来，恐怕我是第一个缴械投降的人。

我一人住单间，没有琐谈的对象，每天面对着四面墙和一个通风的窗台，起先我还庆幸，"至少这样不被打扰"。我在很小的时候就很独立，这种独立是家庭和周遭环境孕育出的，不容我选择，而后去到不同的地方，遇见一些人，历经一些事，骨子里的倔强就根深蒂固了。好在这种独立与周围保持着良好的关系，喜欢宁静的同时，我从来也不拒绝热闹。所以，我常推开窗，看往来的人们，听热腾腾的叫卖声，吹清冽的风，探出脑袋仔细窥探深夜的醉酒汉和一些听不懂的酒话。

好不容易撞上个天气晴朗的日子，我会找两元零钱坐上从车站到松岗的公交，来回两次，不为别的，只想吹吹风，以流动的风景安慰些许孤独。而后便去吃晚饭，伴随城市的灯火，一群群广场舞伴结对出发，音乐弥散在夜中，几个晚上，我都是人群中的看客。

那段时间日子一下子变得悠长，身体穿梭在重叠的光阴里，眼睛捕捉到酣畅淋漓的情感，仿佛忘记了我是我自己，忽而看见一滴雨，我就是一滴雨，看见一棵树，我就是摇曳的枝叶……

为了方便，我在邻近的一个面馆解决温饱，因腰疾，每次上台阶我几乎都把双手叉在腰部，面馆老板娘仔细打量着我，要说什么却欲言又止。她戴着一副极具民族特色的耳饰，乌黑顺滑的发髻格外显眼，当她挽起袖子，极为麻利地烧水煮面时，我的目光才从她身上移至别处。

虽为双臊面，每次我都只要酸菜，老板娘仿似看出了什么，除了面碗里的酸菜，她还会找一个小碗在里面盛满酸菜放在我跟前。起先，我以为是这个面馆的特色，但看别桌都没有，便立刻明白过来："可能她以为我怀孕了。"我低着脑袋赶紧吃完面，后来几天，我都没好意思再去那家面馆。直到小侄女的到来，她点名要去那家面馆，我不好推托，只得跟随，心里不断嘀咕着："或许，人家早把我忘了吧。"上台阶的时候我刻意把手放了下来，侄女点好面便低头玩手机，不一会儿面来了，侄女碗里是杂酱和酸菜，我的碗里全是酸菜。一时间我竟有些感动，不出所料老板娘又另外用小碗盛满酸菜放在桌上。侄女不悦地说："我明明要的是两碗双臊面，小姨碗里怎么全是酸菜……"我立马制止了侄女接下来的质问，小声对她说："这是与陌生人的默契。"十八岁的姑娘似懂非懂。

再后来，是要离开了，离别的前一晚，我借口离开欢乐的人群，独自一人去了面馆，面和酸菜都是当初的味道，含在嘴里却是另外一番滋味，莫名地有些伤感。吃完面我沿着梭磨河仔细回忆老板娘的长相，却越来越模糊……

时间一晃过去两年，其间我不断来往家和马尔康，却没再去那家面馆。今年 11 月，又到康城，风依旧凌厉，我穿梭在人群中，怀里抱着刚从书店买来的《瞻对》，步行了差不多快一个钟头，我在车站边随便找了一个小饭馆充饥，进去一看，老板娘正是两年前开双臊面馆的那个妇人。她笑眯眯地招呼我，我只有感叹"世界太小"。点完面，我随意找了一桌坐下来。比起之前，面馆小了很多，但依旧干净整洁，来不及回忆太多面就端上了桌，定睛一看面里有两种臊子——杂酱和酸菜。一时间，我竟有些失落，"她真的忘了我"。我依旧吃完了那碗面，付款时随口问她面馆开张的时间，她说已经一年多了，原先在粮食局楼下，因为马尔康面馆太多了，生意不景气，便搬了过来……她的话我未能全部记住，待我想让她记起我时，她彻彻底底忘记了我，走出面馆时，百感交集。

后来，我遇见了更多的人，也忘记了更多的人，但温暖的记忆一直在脑海。这让我终于释怀：某些人在我的记忆里长存，如温暖的羽翼触摸光芒，时间不留痕迹，光阴不可复原，最好的莫过于现在还能遇见。

和陌生人的故事

五月的蓉城让人汗流浃背，我穿着毛衣从高原赶到蓉城。前两天，我从金川赶到茂县，一个人的旅途有点孤独，孤独得只看窗外的风景，孤独得每到一处都坐立难安。

突然接到 J 的电话，她说明天将到茂县，之后与我同行至蓉城。我守了一晚上月亮，第二天天蒙蒙亮便起床迎接太阳……

见面的时候，我和 J 紧紧拥抱在一起，身体的温度迅速包裹彼此，那一晚，我们共同守护月亮，也共同等待着太阳。

虽是异乡人，我们并未在陌生的城市多做停留，第三天很早我俩便出发去了蓉城。因为呕吐，三个多小时的车程严重消耗了体力。每次发作我都蜷缩成一团，J 不断拍打我的背，一边悉心擦拭，一边安慰鼓励："快到了，坚持下。"我一句也听不进去，若不是为了跋涉到更远的地方，我绝不想遭这样的罪。

客车终于抵达茶店子客运站，原本我们打算乘公交赶往下一站，因为我实在不想再乘坐任何有汽油味的交通工具，我们就在附近的郎家小区住下了。

女主人是红原人，名叫阿英。打过电话之后，她骑来电瓶车，把我和 J 接到了住处。因之前打过交道，我特别笃定她的为人。进门之后还是老规矩，以自己的意愿选择中意的房间，客厅安放了四张床，四十元一张床位，余下两个房间，分别有一个床位，价格分别为六十元和八十元。我和J选择了八十元的单间。阿英出门帮我购买第二天到康定的车票，我到卫生间洗了一把脸，捧起一把水往脸上洒的时候，闻到了一股消毒液的味道，一时间让人难以忍受，我眯缝着眼睛走出卫生间，看到客厅最里面的小床上坐着一位穿藏袍的老人，他扭过头盯着我。在陌生的城市我不敢多看忧愁的眼睛，他很慈祥，布满皱纹的脸颊回馈给我一个微笑，出于礼貌我问候了一声"你好"。听着我与别人说话，J从房间走出来，她警惕性很高，一直交代我不能与陌生人说话，不能吃陌生人给的东西，因为我经常会做出一些让大家觉得"匪夷所思"的事：以前在郫县坐动车，在川流的人群中我看着一个残疾小伙手里提着笨重的口袋，本来我已经到了入口处，看到他吃力的样子，估摸肯定赶不上这趟车，便立刻下楼去搀扶他。我扶起他的胳膊（正值七月，胳肢窝里全是汗）一路狂奔，家人在入口处拼命喊我。我问小伙座位在哪里，他闭口不说话，待他找到座位，我才离开。离开的时候我有些失落。"大姐，谢谢你。"一回头，他竟然离开座位站在动车入口处大声向我道谢。来往的人几乎都把目光投向我，我示以微笑之后，我们便乘同一列车抵达了不同的城市。一次赶车到丹巴，因为晕车的缘故每次我都会提前去车站购买一号座位，那次刚上车就看见一个瘦弱的小女孩坐在一号座位，手里握着一袋快餐面，因为不离手，包装已经起了褶皱。我轻声问小女孩家里的大人在哪里，她用手指了指后面。我一回头，一个大约十岁大的男孩坐在最后，看着我与妹妹交流，他显得很紧张。师傅告诉我孩子的父母都是小金人，在金川打工，因为临近开学，两个娃娃要回小金上课，他受孩子父母之托把两个娃娃带回小金。师傅仿佛看出了什

流韵时光，抵达一道明亮的光

么，问我座号，我抿了抿嘴并未回答。快发车了，小女孩旁边并没有人，征得师傅同意后我便坐了过去。后面的小男孩伸长脖子使劲张望，女孩靠着车窗，我问她是不是晕车，她害羞地点了点头，随即我把后面的小男孩叫了过来，让他和妹妹坐在一起。两兄妹手握着手，妹妹笑着靠在哥哥肩上，看着有些让人心疼。三个人挤在两个人的座位上，我只坐了半个屁股。车子刚一启动，两个孩子就分享了手中的快餐面，嘎嘣、嘎嘣的声音从他们的嘴巴里迸出来，不一会儿我就有了作呕的感觉，我使劲用卫生纸堵住口鼻，方才缓过一阵。吃完快餐面，小女孩的脸色不太好，不一会儿听到她打嗝，我马上从女孩手中夺过快餐面口袋放在她嘴边。果不其然，女孩吐了，听着女孩作呕，一阵阵刺鼻的味道扑向我，我一边轻轻拍打女孩背部，一边掏出卫生纸为她擦拭。我让哥哥坐在外面，我移到里面抱起小女孩，她就这样在我怀里睡着了。到了丹巴，我叫醒小女孩："娘娘到了，要下车了。"她睁开惺忪的眼睛，慢慢从我身上移下来。取行李时，女孩和男孩一直贴着窗户看着我。车子缓缓启动，隔着玻璃，我看到了两个孩子向我挥手，他们大声喊着："娘娘，拜拜!"然后，女孩哭了。我带着感动去了另一个城市，他们带着温暖抵达了自己的家。

我习惯按自己的理解去与别人交流，但J很理智，出门在外，她不会看任何人的脸色，更不会随意与人搭讪。街边叫卖的果贩，我会报以微笑拒绝，但J看都不会看一眼。

J把我拉回房间，反锁上房门，她教育了我一番。可能是觉得累了，J便仰在床上吃起了枇杷，不一会儿便腹痛难忍，我下楼到邻近的药店买药，走出房间时看到老人旁边坐了一位和我年龄差不多大的女子，同样穿着藏袍，手中还抱着一个婴儿。我没敢多看便下楼了。

回来时，老人和女子依然坐在那里，当我走到客厅时婴儿

"哇"的一声哭了，响亮的哭声震颤着空气。老人用不太标准的汉语说："娃娃和你有缘。"我没有应答，径直回了房间。

婴儿的哭声穿透水泥墙直接刺入我们的耳膜，J听到很烦躁，我在心头嘀咕："明天路上不会出什么事吧。"敏感的神经仿佛捕捉到了不好的信号，人就是这样，一有琢磨不透的事情就随自己的臆想猜测。

吃完药，J在床上翻来覆去叫唤，婴儿的哭声越来越大，我坐在一旁有些发怵，我轻声走出房间。

老人依旧坐在小床上，动作从未变过，女子不断摇晃怀里的婴儿，样子非常着急。老人示意让我过去，我有些犹豫，但婴儿的哭声仿佛是一根揪心的绳索，使劲拽着我走向陌生的故事。

老人问我明天去哪里，他仿佛知道我是赶路人。"康定。"我回答得很干脆，眼睛却一直盯着女子怀里的婴儿。女子怀里，我看到婴儿的半张脸，孩子的皮肤白净通透，哭泣的声音有些沙哑，我问女子是否是孩子的母亲，女子一脸茫然地看着我（女子不会汉语），老人用不太标准的汉话解释：他们来自壤塘，女子是他的儿媳妇，婴儿是他的孙子，这次到成都是专门给孩子看病的。婴儿的哭声不断中断我与老人的谈话，我侧身坐在了相邻的另一张床上。

老人手中的念珠不断轮转，他慈祥地看着我。我并未追问孩子得了什么病，从壤塘径直到四川省人民医院，多少可以揣测孩子病得不轻，但从婴儿嘹亮的啼哭中，我实在不敢断定孩子得了重病。摆谈间我一直有所警惕，眼睛始终离不开哭泣的婴儿。老人说，他以前因为抢劫杀人被判了十四年刑，刚出狱两个多月。听到这里，我的心一下悬到了嗓子眼。那一刻，我恨不得立马逃离这个客厅。我的身体似乎有些发抖，为了掩饰恐惧，我转过脑袋伸手捏了捏婴儿的脸颊。说实话，那一刻我

不敢看老人的脸。孩子渐渐变得平静了，老人说我与孩子有
缘，刚刚一进门他就开始哭，你一摸他，就不哭了。想来也
是，我俯下脑袋准备亲吻这个孩子，贴近一看孩子几乎没有上
嘴唇和人中，整个鼻子向内卷缩，偌大个空洞在脸颊中间，通
过这个"洞"可以清晰地看到孩子的舌头。虽然触目惊心，
那一刻，我并未犹豫，一口亲吻了下去，老人在一旁不断地说
着"卡卓（谢谢）"。

　　孩子身上有股浓烈的奶香，他突然间睁大眼睛，用手钩住
我的头发，原本打算离开的我，被婴儿以这样的方式挽留着。
老人从行李中取出一个矿泉水瓶，按他的解释，这是他从壤塘
带来的圣水，他让我摊开双手，说要把菩萨的祝福给我。矿泉
水瓶周边有很多细碎的泥土，他们到成都有一个星期了，这水
还能喝吗？他杀过人，坐过牢，难道不会把我迷晕？一个个担
忧在脑袋里盘旋，我还是摊开双手，喝了老人给我的水。我相
信虔诚的灵魂，他饱受惩罚，在痛苦的忏悔中改头换面，无异
于重生。

　　因为老人不会认表，他恳请我提醒他时间，以免耽误明早
回壤塘的客车。晚上睡觉时，我没有反锁房门，尽管我犹豫了
很久，内心依然坚信他不会做出伤害我的事。那一晚我不敢入
眠，却还是昏昏沉沉地睡着了。夜里两点左右，我被一个力量
推醒，睡意蒙眬的时候，脑袋里突然闪出"杀人犯"这个词，
我立马坐起身。昏暗的灯光下，老人站在我床头，我以为他会
敲门，没想到他直接走进了我们房间。我打开手机提示他还
早。在隔壁房间休息的房主阿英听到动静，冲到我们房间把老
人赶回了客厅。"你咋个回事，三更半夜跑到人家房间。""不
好意思。""搞清楚，你给的是四十元钱，只能睡客厅，再这
样，看我把你赶出去。"事后，阿英专门向我和 J 道了歉。等
到所有人都走出房间后，J 锁上了房门数落了我一番，我们背

对背躺在床上，谁也不说话。我借上厕所打开房门，老人安静地坐在客厅小床上，女子和婴儿都已经穿戴整齐。我告诉他时间还早，等一会儿我会出来提醒他。老人连连说"卡卓"。等我回了房间，J让我打开房门，但前提是我必须睁着眼不能睡，我连声答应。

接近凌晨四点的时候老人再次敲响了我们的房门，还没来得及回答，就听到阿英用几乎咆哮的声音说："你这人脸皮咋这么厚，要走你现在就走，一晚上敲门，影响我们睡觉！"随即就听到了摔门的声音。我走出去告诉老人还有一个多小时。J说我吃饱了没事干，就这样，门一直为老人留着。

凌晨五点半，我又听到敲门声，这次老人是来道别的，他仔细看了看我，用手抚摸着我的额头，我们向彼此道别，自此之后再未见过面。

天一亮，我也将启程去康定，在蜿蜒的旅途中，脑中不断浮现与老人的种种细节。不料客车在刚驶出二郎山隧道不远时，突然侧滑，径直向崖边冲去。我坐在一号位置，清晰见证了整个过程，只听驾驶员大喊跳车，后面的乘客慌作一团。眼看着客车即将冲下万丈深渊，我紧闭眼睛，不敢想象接下来粉身碎骨的痛。突然一股冲力，睁开眼我看到一棵直径只有二十厘米的树卡住了车头，驾驶员迅速打开车门，我们逃过一劫。下车后，所有人几乎有不同程度的擦伤，而我毫发无损……

故事发生在2010年，时隔七年，我仍然记忆犹新。后来有机会到壤塘，我也一直系念着那位老人和襁褓中的婴儿。在我的记忆中，婴儿一直是婴儿，老人一直光着头，仔细思考时才发现，七年时光足以让一个婴儿长大，也足以让老人衰老，或者他们在草原上放牧，或者他们的家只是一顶帐篷，只有信仰坚定的人才能找到。

我是有心愿的生命，要在漫长的路途中抵达不同的地方。

有的遇见注定改变一生，有的遇见，只为安放在记忆深处，而我，愿意做后者。

夹在书本中的蜡烛

家中有一口暗红色的箱子，小时候常用来装衣服，因为掉漆的缘故，衣服经常被漆渣和碎木削沾满，后来干脆把它闲置在了一旁。直到高中毕业，一大堆的课本、复习资料才重新填满了它。前段时间收拾屋子，想把箱子放在另一处，拖动时，厚重得无法动弹，打开一看：一大股霉腐味扑鼻，厚厚的书本堆落在一起，狭小的空间内它们相互挤压变形，有的书角已经发黄。毕业时，我是下了多大的力气将这摞书压在了箱子里，直到七年后的今天才让它们重见天日。

顺手拉动一本，连同出来的还有一支挤压变形的蜡烛……

高中的时候，晚自习经常停电，一到这时我们便欢呼雀跃，分组拉歌，男女对唱，在桌面敲打节拍……最后是全班齐声唱一首《朋友》，每个停电的自习我们都在重复这样的欢笑。

后来，停电次数越发频繁，班主任就让我们各自买一支蜡烛。每每停电我们就会一个接一个地点亮手中的光明，教室也只有蜡油的味道和翻书的声音。

紧张和忙碌的高三，早起的惺忪、题海作战的疲惫在每天都会光顾我们。

有同学会在下课时跑到水龙头边，洗一把冷水脸，或是趴在桌子上睡一小会儿……

我则与同桌互掐，同桌是个酷爱运动的女生，力气也大，她先捏住我的一小部分皮肉，然后一把使劲，旋转扯拉。我捂嘴强忍恨不能跳到天上，时间一长，大腿、胳膊全是紫青色的掐痕。更甚时，我们会把风油精往嘴里倒，鼻孔、口腔全是刺辣的味道。

为了节约时间做数学题，课间10分钟除了上厕所，我大概就坐在教室里。20分钟的课间操更是珍贵，只要集合铃一响，我就会偷偷溜进厕所，待同学们都走完了再回到教室做题。除了课间操，哪个老师值周、会讲多久的话，我都了如指掌。"解散"的号令一发我就又跑进厕所，顺着人流再次拥进教室，让同学们以为我是去了操场的。后来，我还是被班主任揪了出来，被罚站了一天，外加打扫一个星期厕所。有了这样的教训，自己就更加谨慎，但偶尔还是会重蹈覆辙。体育课自由活动，体育老师专门嘱咐不能进教室，我为了背诵那早已滚瓜烂熟的文综居然又跑进教室，却全然不知体育老师就在身后，直到一声"哪个喊你进教室的"怒吼，魂魄在一瞬间感觉脱离了身体。我不敢用语言解释被戳穿的现实，二百个下蹲的酸痛到现在都记忆犹新。

繁重的学习任务一直很紧凑，自己就像是一根针，四处找寻着时间的缝隙。那时，一直认定读书就是改变，也一定要改变。

考试那天，我们相互祝福着走进了考场，铃声一响，各自奔向了前程……

一晃毕业已有七载，除了身边来往的同学，其余同窗大概连面都未见过，只是从别人口中听得他们有些已经成人妻为人父，成为公务员、教师、公司职员、生意人……时间把我们分成了不同的角色。

学校已修建一新，道路两边的梧桐树也已被过去的光阴淹没，哪怕一片飘零的叶，也没能留给今天。那些挥汗飞奔的青春、冥思苦读的身影仿佛就是昨天的我们。新建的塑胶操场和回旋的长廊从来没有过我们的足迹，我挨个走了个遍，试图把足迹留在这里！

未来不知能否遇见，同窗！那些明亮的夜晚，那些弥散教室的蜡味，那些曾经有过的最单纯的记忆。

还有那支夹在书本的蜡烛，都在这里。只是，能点亮它的人们已各在天涯！

酒　味

在我童年记忆中，酒味一直伴随着我成长。酒，它让父亲大醉之后肆意撕破生活的面具，直白突兀地把一些狼狈的真相揭示出来；也让失意的人随意蹲坐街边，迷离的眼神任凭路人看一眼都觉得发怵。或者说酒就是骨头的软化剂，喝过酒才能把人过滤成一个自由的灵魂，那一刻，身体不是自己的，只有一些缥缈的意识在支配醉酒的人。

我的童年在对酒的极度恐惧中长大，酒味大多与我的父亲有关。小时候父亲常常喝醉，醉酒之后要么被别人抬回家，要么摔得满头青包。幼小的我根本搀扶不动他，我和弟弟帮着母亲把父亲抬上床，我几乎用挣断肋骨的力气来抬父亲，他一动不动，鼾声四起，触摸他的手冰凉至极，只要他睡着了也就消停了，我们也终于松了一口大气。

我从记事起就开始抬醉酒的父亲，直到现在。

我害怕看醉酒人的眼睛，那是一种迷离的错觉，木讷的眼睛盯着你一动不动，他们的瞳孔里仿似不会接受更鲜明的颜色，呆滞的目光扫视周围。醉酒人的眼中——我的父亲，在你眼中，我们到底是什么样子？

父亲平日态度温和、为人忠厚，一醉酒仿佛是另一番样子。小时候，我恨透了酒味，也极其害怕这股味道，我曾带着深深的敌意质问父亲，从开始泪流满面的责问到最后无可奈何的罢休。你可知道，父亲，有些恐惧和伤害在你醉酒之后的语言中如尖刀般刺向了爱你的亲人。但父亲改不了，依旧把自己喝到烂醉如泥。

日子一天天拉长，岁月也在长大，恐惧的心依然无法释怀，旷远的风依旧没有解开捆绑在记忆中的结——那令人窒息的酒味。

长大之后，我和弟弟都有了抬动父亲的力气，父亲醉酒后我尽量避免看他的眼睛，那眼神还是那么让人害怕。

我在各种饭桌上再一次闻到了和父亲嘴里一模一样的酒味，一瞬间我坐立难安，特别想逃离那样的场合。酒味一股股刺入我的鼻腔里，我知道，这根深蒂固的记忆可能真的影响着我的生活。我在不同人的脸上看到了同一种表情、同一种眼神，那一刻，我仿佛要窒息。

因为年岁渐长，父母越发担心我的个人问题，我虽然一再给父母做工作不要他们凭个人期望给儿女在婚姻上添加压力，请他们给我时间让我自己去选择伴侣，这对往后的婚姻和家庭生活很重要。

婚姻不是父母所理解的家庭、丈夫、妻子和孩子，也不是爱情的收容站，在我看来婚姻是一个新的起点，两人为此可以在新的生活上赋予新的价值和意义。我知道婚姻是细致和烦琐的，许多卓越永恒的追求败给的都是不起眼的琐碎事，我是一个害怕打败仗的人，也是一个胆小的人，所以，我的婚姻谁也不能做主，只能我自己说了算。

母亲和几个平日要好的姐妹帮我物色了一些条件比较好的男孩，我一个也没去见。刚开始只是母亲说教，后来父亲也参与进来，一切让我避之不及。一天父亲突然问我："给你介绍的那个男娃娃好歹去看一眼，接触一下，万一合适……""你喜欢，你去。"父亲瞪了我一眼："你年龄不小了，男娃娃工作单位也好，家庭也好，你还在挑啥子？""他喝酒，和你一样。""现在这个社会不喝酒的人是没有的，女娃娃也大口喝酒。""你喜欢，你去见。"说完这句话我立即起身回了房间。父亲没有再多说话，我能感受到他当时的失落和自责。的确，喜欢饮酒的父亲给我的生活带来了不小的影响，只是没想到此刻，酒竟成了一种拒绝的说辞和我害怕接触另一半的理由。

后来，父亲基本在我面前不提酒，不提及与酒相关的一切，只是他发现的时候，我已经长大了，记忆真的改变不了。

趁着父亲不在家，我偷偷拧开酒瓶，到底是什么味道？到底喝下它是什么滋味？带着这些疑问我把鼻子对准酒瓶，深吸一口气，有一种醇香的发酵的味道，我再用手指蘸了一点入口，艰涩的味道激活了味蕾，舌头瞬间感觉发麻。原来父亲一直喜欢的是这种滋味，艰涩的酒和漫长的日子混合，看似清简透明，却满含酸楚苦涩。瞬时间我的眼睛被辣出了眼泪，房间里弥漫着酒的味道，我开封了一段艰涩的记忆，和父亲醉酒后的味道一模一样。

我已经尝到了酒的滋味，心却仍旧不罢休，好朋友过生日，我俩特意跑到超市买了一瓶质量一般的红酒，反复告诫对方只能小酌。平日我们俩都不沾酒，各种准备之后，终于开启了那瓶红酒，那晚我没敢喝太多，脸已经绯红。她呢，可能真的醉了，回忆过去的时候突然泣不成声，我不知该怎么办，只能不断递纸巾安慰。我知道她过去的经历，我明白她一路走来的不易。一个没喝过酒的人，趁着酒劲说了一些平日里不敢说的话，趁着酒劲触碰了不敢触摸的记忆。那晚，朋友的眼泪很真实。

回到家，父亲看着我绯红的脸颊，立马质问我是不是喝酒了，然后说教了一大通不能饮酒的道理。"你平时又不喝酒，喝倒了谁管你?""女娃娃不能沾酒,免得自己吃亏。""以后不准喝了,千万不能喝了。"看着父亲着急的样子,我竟然忍俊不禁,一个喜欢饮酒的人劝说自己的女儿不要饮酒,那是一种怎样的慈悲呢?是爱,是父亲时刻牵挂和保护的爱。

我依旧不喜欢酒味,只是尊重那股味道背后的故事,每个人,每个醉酒的人,都有一些故事。或碰得,或碰不得,或哭,或笑,或吵,或闹,他们在为自己辩解,在用一种迷离的姿态捍卫自己。醒来之后,你还是你,我还是我,生活还在现实里……

娟 儿

　　用她名字中的一个字再加一个儿化音，就成了我对她的称呼，我和她的亲密关系从十三岁开始至今。相识近二十载的时光里，我们周围的一切发生着前所未有的改变，我和娟儿似乎什么也没变。

　　稳固的关系让彼此相对静止，无论逆流而上还是登高望远，我们总保持同一个速度，有着相同的眼光，几乎统一的处事方式，不计较得失、豁达有分寸的相处之道，安分不失体面的善良……所以这么多年过去了，和娟儿真的什么也没变！

　　娟儿是牵着我走进青春的人，在自然规律编织的摇篮里每个人的生命历程中都会有一段炙热又美好的年华。我在风中奔跑的童年遇见了一棵青葱的柳树，柳树下有一群正在上体育课的孩子，穿粉衣服的女孩递给穿黑衣服的女孩一颗口香糖，我一边嚼着口香糖一边和她说说笑笑。十三岁那年遇见了娟儿，我的青春就是从那开始的！

　　我和娟属同一个属相，都是农历二月生日，前后相差不下十天，又在同一个班，在几乎相似的生肖命理和统一的学习节奏中我们的友谊貌似不需要磨合。我们可以是闯了祸的冒失鬼，也可以天马行空地在云上作画，我们的思维不受约束，所以憧憬的未来很有趣。娟儿很有绘画天赋，她在我的课本上画了许多生动的卡通人物，也帮我设计过未来成为新娘子的发型和婚纱，教我绣花，教我织帽子，教我煮火锅……那时候的娟儿温婉中带有一丝青涩，像个小大人。

上课我们偷偷传纸条，为了避免老师发现还各自给对方取了笔名，我叫她"花卷"，她叫我"汤圆"，这样即便是被老师发现也不知道"花卷"和"汤圆"是谁。我们为对方写了好多温馨的言语，纸条经过好几个同学的手，同时也经过了很多同学羡慕的眼光。青春的气场吸引着许多朝气蓬勃的事物，我们与时间赛跑的时候战胜了时间，和草木齐头并长的时候与最年轻的颜色结下盟约。我们是不会忧愁的阳光，散发着的永远明亮的光。

年少的我们没有与人交流的套路和阅人无数的城府，不会故意反转话题，不会拼命雕琢自己，不懂交换条件为自己争取利益，不会低头吞下委屈，不会在夜里辗转心事……那时候我们只说想说的话，做想做的事，分享快乐的秘密，分担青涩的忧愁，你一言我一句。真想每天和娟儿待在一块，每天自由生长充满能量。

娟儿是我性格深处温柔贤惠的启迪者，我是个自由不羁的人，粗犷的性格和像风沙一样的脾气经常说上头就上头，好脸全给了外人，平时不轻易表露的暴躁全部扑向了家人。每每这时候，和娟儿说上一两句话我就能变得异常平静，思路在她温和的宽慰中变得清晰且有条理，我渐渐收起自己的蛮横，把快要说出口的伤害吞进肚子里，把被风暴吹散的尘土重新背回沙漠，慢慢把泉眼涵养成青翠的绿洲，毋庸置疑她是我灵魂的安抚者。

娟儿对于生活的思考非常本分和踏实，她是平凡女子，求学、结婚、生孩子，她又是不一般的女子，能把生命的作用力全部反馈给生活，把日常琐碎打理成丰盈羽翼且在岁月中一直翔翔，努力经营自己的同时全心捍卫家人与儿女温馨的爱巢。她是个体面又清净的人，在这个浮华年代里，娟儿很了不起。

很多人的遇见和相处是因为相似或情投意合，我和娟儿，可能是一体。我们以两个人的状态在各自生活，又在一些饱含故事的经过中不谋而合，在各自规范的圆圈中有无数交集，甚至重叠成一个完整的规律，规律排列一致的时候，我们就完美契合到了一起。所以，有的人真的是老天爷恩赐给你的惊喜，当你经过她的时候，你就会有预感——比如娟儿！

卡拉脚——美丽驻足的地方

　　我不是灵动的磐石，却有着它积攒的福德。我有幸踏上并驻足在这片圣洁的土地，有幸能在每个祥乐的清晨里叹闻泥土混合空气的芬芳，能在每个阳光点缀花的瞬间里饱览雾气环山绕，云层透光发亮的惊叹！

　　卡拉脚的一切都与繁华的都市不一样。在这片土地上清润雨滴落下的刹那仿佛能听见大地颤动的心跳，阳光触摸到的每个角落都能感受到温暖。时常，我会觉得自己在一个相对静止的空间里旋转，重复一个又一个规整的圆。不承想，在这里每一个动人的旋转或华美的转身都像经轮般转动。转动的只是轨迹，而划出的确是祈佑我们的平安喜乐。就这样，平静的生活如水般清澈。在每个见底的光影里我们找到了生活的乐趣！

　　这里的人们不用华丽的衣着来包裹自己无华的外表，但那颗久润柔善的心却又是那般超俗无瑕。我愿静静地坐在那里聆听长者们讲述曾经发生在这里的一切，他们口中道出了那已久远了的却始终抹不掉的珍贵记忆！这片土地上的纯真、信念、虔诚、超俗不知多少次撼动了我。

　　卡拉脚，这里没有整齐划一的牵强，各自却都在心领神会间往来。在中心校执教的日子里，学子们的纯真、慧心深深打动了我，语言是我与他们交流的障碍，一大通的道理到了他们那儿却成了不知所云。我曾深深自责，身为师者，该如何启蒙我纯真的孩子们？语言虽被动，内心的炽热却在鼓励我。终于，语言的障碍成了我们师生共同磨合的起跑线，他从 A、O、E 的艰难起步到现今能正确书写汉字，整个过程伴随的又岂是几许辛苦能言透。此时、此地只求一字："值。"

耳边经常听得涓涓的流水声，这股细流洗透了群山的粉尘。我不止一次感叹这里独特的美。深吸一口大山深处如高原明珠般的空气，它微寒、清晰、透爽，也当真只有体味了一切的生灵才能饱尝。

独坐在寂静的窗前，几棵青松在山间挺立，鸟儿依旧动人地歌唱着。此时，手中的钢笔在每个不同的思绪间跳动。那一段段节奏的词句里便是对身处境地最美的诠释。我没有玛瑙集结的一身灵气，却能在圣光中遍览世间最美的宝石。卡拉脚用圣洁、智慧充溢我美丽驻足的点滴！

沐浴圣洁光辉　铺就延绵坦途

　　轻捡一颗细沉的石子，我在玛尼堆前合十，掌心融给石子生命的温度。轻许一声祈福的箴言，我在经轮转动的瞬间摇起祝福。轻迈一步舒心的步调，我在绵延的道路旁观览格桑花枝满高原。

——题记

缘分·遇见

　　曾记那日，在明珠河畔转悠散心时听朋友口中极赞金川美景。我不觉也自愧虽为金川本土人却也不能一一道说家乡美景。所以，我回到家便打开百度，认真查看起金川县的地图。我仔细看着地图里每一个乡镇的分布，就在 S211 省道的某个入口处看到了一个特别的名字"二普鲁"。当时顿觉奇特，从地图上看它是卡拉脚乡的组成部分之一，周围村寨的名字也都很有藏族味道。因此，我"推断"二普鲁应该也是一个藏民族聚居的地方。这也正中我意……因为我喜欢寄情在祷福的山水间，也想努力攀爬在圣雾环绕的山尖，用心去体味万物集结的灵气。从那以后，我便对二普鲁有了一种神奇的向往。于是，我便认真搜索、打听与二普鲁有关的种种……

一切皆是缘分使然，去年9月我竟因工作来到向往已久的卡拉脚。汽车从周山口进沟我便一直打开车窗，想饱览羊角花极尽的美，却不承想，羊角花早已凋谢在了褪尽的夏意中，心中未免有些遗憾。此时正值初秋，秋雨自然也淅沥下个不停，清冷的空气足以让身体发颤。这里的气候不比镇上，我早有耳闻，这次亲身体味才知其中滋味。雨水浸泡过的道路更加泥泞，使我们的行程也更加颠簸，作呕也是难免。此时多希望眼前这条道路平坦宽广，这样即便再多的雨水也不至于使道路泥泞延长车程。但似乎这些都并未影响我对卡拉脚的热衷与向往，反倒给了我一种别样的高原感受。因为，我深信这必然是一种缘分的遇见。

触摸·聆听

在中心校教书之余，我喜欢游走在卡拉脚每一处迷人的山水。"二普鲁"，我一直对这个地方注入深深的情怀，于是便也与学校老师结伴徒步在了通往二普鲁的道路上。临行时，同事们提醒我穿双便于行走的运动鞋，"上面的路泥泞不堪，不好走哦"。多听长者言，终归不会吃亏。想想人家也是善意提醒，于是，一双运动鞋、一个相机，几许欢笑中我们便开始了行程。

哎呀！……哟！在一声声的惊叫中我的脚几次"滑"进水洼。鞋子周围、两边裤脚都满是稀泥。并非怪我大意，只是这路在秋雨的冲洗后确实泥泞难走。好在一路有同事帮忙，也就有惊无险。一路旖旎的风景倒叫我过足了拍照的瘾，在每一声快门后一张张图片便留成了静态。我的技术也确实不差，正当唏嘘得意之时一阵拖拉机的轰鸣声将我的注意力转移。原来前面不远处，几十位当地的村民正在收割玉米。不幸的是，装载玉米的拖拉机陷在了泥洼中，发动机的轰鸣声实在叫我想捂住耳朵。村民们闻声赶来，将拖拉机从泥洼中"解救"。过程倒也短暂，七八个壮汉"一、二、三"使劲，车也就脱困了。这样的场景我们在前行的路上遇到了很多次。当地的农技员张文清说："卡拉脚环境好，景色美，就是交通不便。你们看嘛！二普鲁就是个典型的例子，游客来了进不了，农产品丰收了出不了。唉！"当时我们还半开玩笑说张叔是共产党员觉悟高。但仔细斟酌这话，也确实有道理。是啊！这样一个民风淳朴、传承祖先信仰的民族就被脚下的这条道"圈禁"了。我不禁也心生感叹：这样的日子何时是头！

"万里边城远，千山行路难。"一路的风尘，我依旧在泥泞的路途上触摸那份久违了的感动。我仍旧用肉眼饱览周遭美景，用心体味脚下这方热土，用执着的行走聆听最基层的声音。雪山脚下、溪流岸边的这条道路依旧延绵泥泞到尽头……

党恩·筑路

在党中央的深切关怀下，卡拉脚乡二普鲁村紧抓建设幸福美丽家园的契机，在县委、县政府的领导下，在地方乡党委、政府的统筹安排下，密切与群众联系。加强基础设施建设，改善群众的居住环境，旨在不断提升居民的幸福指数。"要想富，先修路。"这句话放在现在再合适不过了。"通村路"也就这样应运而生。

二普鲁村地势陡峭，原先的土路有几处损毁严重。这就加大了工程的难度。且当地居民大多为藏族，语言沟通又是一道坎。但是，这个民族的人就是这么顽强和倔强，越困难越要向前挺进。新老党员干部带领广大村民主动投入了这场筑路"战斗"。其姆是卡拉脚乡玛目都村的村主任，每一处都能看到她忙碌的身影。我趁中午大家休息的时候终于"逮"到机会和她攀谈了起来。她是一名老党员，村里大小事务她都积极参与。整个摆谈的过程轻松而愉快。当我问及筑路辛苦的点滴时，好像触碰到了她脆弱的神经。她饱含热泪地说道："不辛苦，感谢党和国家时刻的挂念。盼了多少年，终于把这条路盼到了。我们一定不会辜负这面用鲜血传承下来的党旗。"话语间，她的目光始终坚定地投向远方。

在镰刀锤头铸就的力量下，搅拌机混合着沙石，铁锹滑过混凝土，背篓满载喜悦，我们在口传一份筑路的恩情。感谢时刻挂念民众的党！感谢惦念高原的祖国母亲！是你们在声声的祷福与箴祝中，把条条延绵的公路化成祝福的哈达，奉献给了圣洁的高原。

迈步·明天

我依旧拿着相机，徒步在二普鲁的路上。没有了那一声声惊叫，只是途中看到了些许不相识的人，同样用静态的光影在留住美景。青山绿水间、转动的经轮旁、虔诚祷福的庙宇里都有慕名前来旅游的人！丰收的时节，人们开着自家的拖拉机、出租车、运输车从身旁驰过，田间乡园满是喜悦……

顾城有一句诗："我们站着，不说话，就十分美好。"对啊！人们静静地站在铺好的公路上，不需要任何言语，内心都是欢喜的，世界都是美好的。此刻我只能用见诸笔端的文字来表达内心的喜悦！

脚步依然在路途上继续，思绪里依旧憧憬明天美好的生活！感党恩、铭党情，轻轻抚摸脚下的这片坦途，放眼望去它依旧婉转绵延平坦到尽头……

那份未尽的秋意

亦如那年初始，今年的冬仿佛又悄悄辜负了那未尽的秋意。还未等到冬风扫尽落叶，恰如初冬的凉意便又穿梭在了每一个角落：哆嗦的身体周围、泪浸的双眸里、干燥的唇间、呼啸的冷风中……

我依旧如故，迈着每一个丈量我生命长度的脚步，留心暂驻在每一处情感顿悟的灵地。我喜欢带有冬韵味道的秋季，它那沁凉的体肤之感像陈年的佳酿着实让人酩酊。不知多少回，那呼啸的冷风灌进我蜷缩的身体，让我沉醉在这份浓浓的秋意中。

卡拉脚的秋，有一种纯洁的孤傲。在高原地区能体味这短短的秋那便也是一种享受。原以为这里的海拔也只有遗憾地体味刺骨的冬天、短暂的夏天，却没想到还能体会这"稀世"的秋。这也算得上是上苍赐予我们的恩物。我自然也不会将它辜负，随即就在一声声快门后将这段光影留成静态，以便在刺骨的寒冬来临之际细细回味这秋的别致。这里的秋也有一份宁静的信仰，无论在田间山头、小路乡园都贴合着一份祥乐。人们劳作之余都能口传一份收获的喜悦。长者们转动经轮祈祷来年的风调雨顺。在这份歇凉的秋意中，无论男女老少，都传承着给予我笔端感触的一份信仰。

唐朝诗人李益曾有诗曰："万事销身外，生涯在镜中。惟将两鬓雪，明日对秋风。"我虽没有诗人那般的豁达心境，却也能细细体味诗句中蕴含的人生大智慧。身为人就应该在孤独的灵魂中寻求自我的认可，在不断的感慨与顿悟中力求为人的真谛。诗人与凡人同样用为人的智慧在思考生活。在悲煞的秋景中我们何尝不能用自己的身影平添一丝淡淡的秋殇？尽情地体味这秋的愁、悟，这何尝不是一件人生美事？

　　轻踩一片微黄的落叶，呼吸一口微凉的空气，再一次拥抱住自己的身体。继续行走卡拉脚下与尽头的距离，在这个清冷的秋季我仍旧在书写卡拉脚未尽的秋意……

流韵时光，抵达一道明亮的光

那时，还是孩子

　　一摞书，在桌上放了些时候，当初立定要看的篇目，也在记忆里模糊。我翻了两页，试图找到存在过的记忆，眼前的文字于现在还是生疏了，若是正当兴趣时阅读，大概又会觉得亲切。我就突发奇想做了一只风车，儿时，即便再丑、再不成型也会在院坝跑上好几趟，随着风车旋转所有快乐。此时，干净整齐的风车就在手中却没了奔跑的冲动……

　　冬日的寒冷早早地包裹了世界，最能抵御严寒的就是被窝，就算一早醒来也会磨蹭半天，那裹了一夜的温暖，实在让人舍不得。待我起床父母早就下地干活了，衣服还没扣好，我就睡眼惺忪地走向厨房，灶还冒着烟，母亲故意烧了些半干半湿的柴火，这样无论我多晚起床都能吃上热腾腾的饭菜。揭开锅盖，一下子上升的热汽，让我立马伸出双手去享受这云雾缭绕的瞬间，有时甚至反复几次揭拿锅盖。或者撩拨蒸汽的瞬间，让我觉得自己是住在天宫的神仙，自言自语地说着电视里的台词（那时经常看《西游记》），做些腾云驾雾的动作，七仙女、嫦娥、白骨精……能想到的都一一试个遍。所有的想象让我忘记了肚皮的饥饿，或许是孩子的天性，那年我才八岁。

　　邻居准备盖新房了，原先的老房子堆放着晒干的玉米秆。盖房背那天，父亲和邻居们都去帮忙，背沙石、拌水泥、拉钢筋……主人家拿出自家制作的玉米糖招待我们，嘴和衣兜里都是满满的香甜。我和小伙伴跑到原先的老房子，看着满地铺着厚实的玉米秆竟然提议挨个从房背跳下，以显示我们的勇气。站在边沿，人像悬在半空，头重脚轻的眩晕一下子就突袭而来。临到要跳时，伙伴们都有些害怕，就商量着让年龄大的牵着年龄小的一块儿跳，我顺手牵了旁边的表妹，回过头，弟弟就在身后，眼里分明浸着湿润。没有人去牵他的手，他站在原地望着穿梭身边的伙伴。最后，两个年龄最小的牵在了一起，其中一个就是弟弟，其余伙伴都在以有大哥哥大姐姐的保护而自豪，弟弟却在我身后一言不发。拉嗓一声吼，我们终于跳了下去……那一跳，于我是道不完的自责。

过年是最期待的日子，一到了腊月，就天天去数日历，一天能数上好几遍，过完一天就撕去一张，恨不能一把就撕到除夕那天。

守岁、穿新衣服、领压岁钱、放鞭炮、吃糖果……终于在除夕那一天圆满实现。除夕守岁到零点，要放鞭炮迎接灶神，迎接新的一年，爆竹会在这一刻响彻整个夜，所有的烟火星光也会在期待中升上夜空。母亲反复向我们交代初一的忌讳：不能说不吉利的话，不能动刀，那一地的爆竹不能扫，否则会破了一年的财运，红包要初一早上才能拆开……待到初一早上，我一睁眼就去找寻藏在枕下的红包，或许是太心急了，撕红包的时候，竟然把每张钱的角边一同撕了下来。翻来覆去看了几次，芭比娃娃、擦炮、假人面具……全在这一刻破碎，泪水一下就从眼里溢出，想到母亲的"忌讳"就立马收住。

初一早上满院坝都是炸剩的爆竹，捡拾起来，拉出其中的引线，然后引爆。有几根引线太短，火柴无法点燃，想尽各种办法还是无果。孩子的天真总让人意想不到，我跑到灶边，把爆竹掩埋在了还有余热的灶灰里，手还未拿出，"噼啪"一声爆竹炸了，连同我那刺耳的尖叫。父母闻声跑到厨房，我因他们的来到而哭喊得更加厉害，反倒吓坏了一旁的母亲，她催促着父亲帮我检查手指。肿胀的手指麻痛难忍，怕伤到筋骨，父亲仔细摇转着我的手指，我则低一声高一声地号叫着。父亲根据经验只涂抹了一层菜籽油，母亲则在一旁说教弟弟，弟弟一会儿望着我，一会儿又看着满地爆竹，不及五岁的他此时在想些什么？

大雪纷飞的时候，满地洁白，我天真地拿出盐罐往里面塞大把的雪；寒暑假总是临到开学通宵赶作业，复印纸会在写小字时派上用场；夏天也会趁父母不在家的时候偷偷跳进水缸；更会淘气地用核桃打碎玻璃；对着镜子把母亲的衣裤试个遍……

突然想起冰心："童年啊，是梦中的真，是真中的梦，是回忆时含泪的微笑。"不是吗？

那些温存的记忆

　　一直在编织捕捉心灵能量的那张网，所以没有闲暇。每一路，每一处布满了行走的脚步。兴许是太向往前方的那处停留。所以，是那样匆匆，那样迫不及待！

　　初到玛目都，一份穿透心灵的宁静便在我没有防备的刹那刺中身体。山路、溪流、高山伴随情致外的晕车，我醉了，由身到心彻底酩酊。话到这里我想应该为它为这个地方做一些情感的诠释。

　　玛目都是卡拉脚乡的自然村之一，学校、公社、卫生院都坐落在这里。因为这三大建筑，玛目都被大家公认为是卡拉脚的"中心"。党和国家的方针政策从这里传播落实，孩子们在这里汲取知识，病弱的身体在这里得到医治……村民们划定的这个中心实至名归。

　　在这里不用刻意去留意时间。学校的电铃会提醒，起床、午休、自习……一切仿佛被铃声安排，一切又都在铃声中井然。

　　结束一天的工作，我喜欢懒散地趴在教室的窗前看对面的山坡和草坪。牛儿成群在草坪中啃食青草，仿佛对面也能闻到嚼食青草后的清香，零星的羊角花伴随挺立的青松立在山间。这样的画面不禁让人喟叹……

清风吹拂经幡，当地村民正在摇转经筒。我很想加入其中，又怕犯了忌讳，便在"行动"开始前认真向村民打听经筒转动的方向、顺序。淳朴的村民一一向我这个门外汉解释。随即，我就加入了他们的队伍……

"经常做一件事，就自然会促成习惯。"现在，我还不时会在经轮转动的地方出现。

玛目都，到现在我还不知道这名字所代表的意义。尽管我每天生活在它的怀抱，享受着它给予的温暖和欢乐。

学校周边有两家小卖部，除了生活必需品之外还有各种零食销售，嘴馋的我们时常会去光顾。"手撕牛肉"、光头强、辣子"鸡"……小卖部女主人查旺拉姆也随意让我们翻选。买完零食后她递给我一个塑料口袋，里面除了满满的零食外还多了一样东西——就是她自家腌制的酸菜。我起先还推托不好意思，后来实在不忍拂去人家善意的真诚就接了下来。酸菜的味道确实不赖，我吃了几回还"上瘾"了，最后居然自己端了大碗去要……现在想想，不管是五毛起价的"牛肉""鸡块"，还是那份充满诚意的酸菜，都是任何美味无法替代的。

快节奏的速食、开袋即食娇惯了懒散，本来也不是个勤快的人，一日三餐就更为头疼。但饭还是要吃，因为刀法不熟练经常会在切菜时划一道鲜红的口子。炒菜被锅盖砸中，还没来得及把痛叫出来就又得拿起锅铲翻菜，最后才端起一碗狼狈吞咽……这种状况被老教师袁清文知道后二话不说硬拉我到她家吃饭，说等我手伤好了之后再做打算。之后我也提过，但她却执意不肯。就这样，一双筷子一个我，一吃就是两年。

我们的餐桌是由四角钢架支撑的，一块大约八十厘米宽的地板砖就是桌面。戏谑一点，吃饭也像演杂技一般，脚底不敢乱动，还要"熟练"掌握重心，一旦听得"吱呀"声还要快速护住桌子，确保桌上碗碟的安全。每天几乎都是这样，一日三餐充满了惊喜，也陪伴我们咽下了许多的欢乐。

重复的二十四小时累积了每一个牵挂的年岁。时间总让人紧张，也总让人感叹。

我想紧紧依偎你，又怕习惯了怀抱的温暖经不起风雨。所以，我在泪水中挥别了玛目都。

行李、背包、挥手……离开。

我站在大渡河边，看着滚滚河水，一股思念流过玛目都，汇进这里，同大渡河里的浪花翻滚，流向更远的远方……

女大当嫁

"不能再选了，看看自己年纪，女孩子过三十就不好找了，再选也选不出花，差不多合适就行了。"

"嗯，我也在找差不多合适的人。"

"待在家里，不出去接触人，怎么遇到？××家儿子年纪和你差不多，人家递好几回话了，成都房子也买了，车也现成的，你先和人接触一下，行不？"

"不是一路人。"

母亲一听我这话，气不打一处来。

"我们尊重你是让你在合适的年纪自由去选择，现在你已经超过自由选择的年纪了，做父母的这时候帮助你或者为你提供一些选择没有错吧？"父亲一开口，我知道自己接下来将面临一场非常艰难的辩论，我肯定说不过他。

"嗯，没有错。"说完我低头不语。

"作为父母，我们希望你将来过得好，不为生活发愁。你自己有工作，也有抱负，这些都能保持你在未来家庭当中的独立和不受欺负，现在这个年纪，我觉得可以考虑一下个人问题了。你考虑过自己未来的打算吗？父母老去之后你怎么办？"对于父亲的问题我一个也没回答。

"披着人皮做人，是一件特别艰难的事情，我是过来人，我不会摆着过来人的资格说教你，我们只是建议你，帮助你规划生活的某一部分，父母不会做太多干涉。关于婚姻这一块，只是交流一下作为父母我们的看法，选择权还是在你手上，不论你选择什么样的人去生活，我们都会尊重，尊重你，也尊重他，尊重你们自己规划的生活……"

这次我没有像往常一样和父母争论，也没有把独树一帜的见解拿出来和父亲对峙，他是爱我的，母亲也是。

我是一个具有缓慢性格的理想主义者，这与现实中赋予斗志迅速作为的行动家不一样，我的过程必须经过一场缓慢的酿造，就像我对于婚姻的态度：缓慢且舒逸地动员自己去集结能量，那样可能更适合我。

过去我给不恋爱找了很多借口：工作忙，没时间谈，等把这部小说写完再考虑，现在重心还不确定等成熟再说，这个人不合适，三观合不来，思想不在一条线上，这些理由把爱情拒之门外，我所接纳的是整天埋头写稿的自己。其间，朋友家人轮番介绍，我压根不当回事，各种搪塞过后方觉一身轻松。

我经常在想："什么样的匹配才是合二为一的完美搭档，或者完美这个词本身就有缺陷，带有缺陷的认知可能会被过度挤压，直到变形的思维饥肠辘辘向现实讨教，才明白为时已晚，早是街边饿莩，还口口声声为臆想辩解。"我总在大脑里允诺完美的婚姻，总为契合和匹配二词筛选合适的另一半，恰恰忽视了包容缺憾，适当为过去放生，换位体谅对方。我有时大彻大悟，有时迷糊不清，对于道理的见解，我还是不能过多感慨，容易弄糊自己，调配成心灵鸡汤，又是一场感性循环，于我，容易饶晕。

有朋友告诉我："稀里糊涂把婚结了最好，啥都不懂，啥也想不明白就嫁了，等什么都想明白就懂得计较了，想要的也会越多，压力也会越大。"我听完扑哧一笑。"稀里糊涂的时候并不懂什么是爱情啊，不懂爱的时候去选择婚姻?"我的反问让她有些尴尬，有时候就是这么现实，爱情不能成全所有欲望，却能帮助欲望疯长。当恋爱成熟时你会为婚姻提各种条件，当你在提各种条件的时候，爱情可能已经成长为一个"大人"了，大人的世界很难让人搞懂，但却很稳当。你提的所有条件，都会是婚后你切实能享受的物质和金钱，真聪明和假智慧合二为一，这样的女人能吃亏吗?

我但愿自己什么都懂，又稀里糊涂什么都不懂，但愿什么都想要，又但愿一切都是我真正想要的，或者我本来就拥有着我想要的一切。

依赖一个人，并把一纸结婚证当作合法依赖的借口，百千人中寻觅的不是有心人，而是一个靠山。我周围大部分人都在劝我："一定要找一个条件好的，你不吃亏。""现在人谈什么感情，结婚后就是亲情了，你一定要考虑对方条件。""趁着年轻好找，再等全是别人选剩的，要条件没条件，要钱没钱……"只有在感情中栽过跟头的才会善言一句："三观很重要，一定要找一个思想高度契合的人。"

周围任何人的劝说自始至终都是在为我着想，我也想找一个靠山，他的身份可以是朋友、爱人、伙伴，还可以是我的老师，物质之外，能让我思想休憩共鸣的另一半，可以包容我的无知，教会我应对困难的方法，批评我冲动懊悔的狭隘。当然，我也会教他抑制愤怒，教他如何涵养自己的情绪，帮助他并打理他身边的一些琐碎事，让他把压在心里的苦衷都能倾诉给我。我们一起经营春夏秋冬，一起打磨偏见和固执，一起争论生活为什么会有坚硬的盔甲，一起努力满足我们对于家庭规划、子女教育，等等的要求。过程可能有争吵和不愉快，可能有眼泪与抱怨，还可能有谁都不想搭理对方的冷战，但是，这才是婚姻，是每个人都会经历的甜蜜和苦涩。

婚姻最大的禁忌是忙碌又麻木地把自己的全部精力投入家庭，而后牢牢拴住对方。女人把贤妻良母演绎到极致，自己又碌碌无为，以为牢固拴住对方就能死心塌地。婚姻中，两个人总在无休止地处理两人之间的关系和情绪，这些都是我非常惧怕的事情，我的能耐只能管好我自己，尽我最好的努力去欣赏爱慕我的另一半，做好我的工作，扮演好各种角色。其余的，顺其自然。

年纪逐日增大，婚姻大事，还是由我自己在做主，这一点让我很庆幸。我很感恩父母的理解和包容，允许我做自己喜欢的事，不打压我的抱负，全力守护我的初衷，对于婚姻大事，他们希望我嫁给一个有品行有胸怀的青年，嫁给自己的选择，嫁给我认可的生活。因为父母明白，充足物质的给予并不能满足他们女儿对于丰盈内涵的极度渴望。

我不富有，但我从来不缺柴米油盐炉火取暖的简单快乐！

我不浮躁，因为我有为之奋斗不懈的理想和朴实的品格！

我不攀比，我有奔腾高山大川的毅力和安守抱负的决心！

我不屈从，仰望天上繁硕星辰任何时候我都在熠熠闪光！

青瓦片

　　一幢幢农房安静地坐落在山脚下，一滴水落在时光深处，飞溅的水花流淌成珍珠，梦在屋顶发芽。

　　青瓦片上的苔藓泛出岁月的颜色，我在它的庇护下长大，记忆深处的童年，纯真的微笑和快乐的影子都从那里划过。四脚壁虎爬上瓦片，南飞的鸟儿在那里停歇，一棵棵挺拔的梨树伸展枝头与瓦片对视。

　　下雨的夜晚，能听到雨点撞击瓦片的声音，不同节奏以相同的速度涌入，那时候我常常担心屋顶漏雨，不断用手电筒张望天花板，一旦有水渍整个晚上都不敢入眠，生怕土房因此而垮塌。第二天，父亲会搭上木梯在屋顶换上未破裂的新瓦片，母亲在院坝，嘴里一直念着阿弥陀佛。父亲的勇敢总让我崇拜，七八岁换牙的时候，他用母亲做手工的线套住我的牙齿，趁我不注意的时候轻轻一提，牙齿就在他手中晃动了。他说牙齿得丢在房顶的瓦片上，这样新长出来的牙齿才硬邦，我和弟弟的童年，数不清有多少牙齿扔在了房顶的瓦片上。为了挣我和弟弟的学费父亲四处打着零工，他总说："等两个娃娃读书出息了，我们就把房子重新修了，用红瓦，房子就不会漏雨。"后来修房用的石基全是父亲一个人背的，这种坚韧一直鼓励着我和弟弟。

青瓦片给了我一段记忆，坚韧和快乐都在那里，它经历了严寒酷暑、风霜雨雪，破裂的时光依然开出了希望。

　　不管途经任何地方，只要看到青瓦片总能激活某些记忆，瘦骨嶙峋的房梁，布满尘埃的土墙，种在那里的梦已经发芽开花了。

　　时光剥落痕迹，年幼的孩子渐渐长大，我习惯在雨天伸出手掌，房檐上的雨珠里有光明的太阳和小鸟的翅膀，干涩的苔藓已经饱满，这一刻全在我的掌心里闪闪发光。

　　我在乡下长大，青瓦片似乎是一种别样的乡愁，它和土墙遥相呼应填充着我的童年。秋日的黄昏弥漫思念，不知道自己在思念谁，惆怅的心总随落叶纷飞盘旋，瓦片错落的缝隙里总能留住些许叶片，风一吹，天涯海角到处都是思念。

　　瓦片上的雪有一种透明的清澈，那是云朵的翅膀，它在夜晚悄悄飞到了我们的世界，从远处看，凹凸有致的瓦片像波浪一样，晶莹的雪花就在那里翻滚。我对冬天的记忆全部是雪，随着城市现代化建设，青瓦片逐渐被水泥红瓦所替代，生活的环境越发舒适了，但我永远也忘不了青瓦遮风挡雨的岁月。

　　我们一直在路上追逐属于自己的生活，有心人把风景留成记忆，还有人把艰难的岁月刻进骨头，而我一直在梦里捡拾青瓦片。一片一片的岁月匍匐在屋顶，它与蓝天只差一双翅膀，我的梦从那里飞来，盘旋的痕迹眺望到了美丽的风景和更大的世界，我的翅膀已经启航了。

四　班

　　我清晰地记着每一位同学的名字，毕业的第十五个年头，离开四班的第十五个冬天，五千四百多个日子里，我们追逐着生活去了天南海北。

　　离别的时候十五六岁，一觉到天亮的少年还没有尝到梦境里的惆怅，那时候以为离别是件容易的事情，我们总能再见到，所以，毕业的时候高高兴兴就说了再见。

　　再遇见的时候是匆忙的路途中，匆匆问候之后，我甚至来不及看清你们的背影，就挥手告别了。

　　转过身仔细看着你们："有的长高了，有的变瘦了，有的额头已经有了皱纹，有的成了妈妈，有的当了爸爸，我们的身份从儿子、女儿演变成了媳妇、女婿，爸爸、妈妈。"

　　入学第一天害羞又腼腆，课桌的排列方式把我们分布在方方正正的教室里。在属于我们自己的位置上，青春从那里开始发芽。

　　班长是个个头不高的鬼马精灵，英语也是一口溜，一连能背出好多单词，后来兼任了英语课代表。鬼马精灵终于在属于自己的特长面前有了极大优势，只是后来她贪玩了，像她的名字一样——玲子！铃铛摇响的时候，要么是一阵风路过，要么是人为的快乐！玲子在这两者之间，前两年文静秀雅，初三那年，便开始找铃铛的快乐了！今年九月，玲子做了妈妈，玲子生了一个更小的玲子，名字叫小九月，我能感应到玲子的幸福。

昊子总给人安全感，趁我不注意你偷偷解开我脖子上的护身符，我以为生命因此会受到牵连，跑到座位上歇斯底里哭泣了半天。昊子一边安慰，一边道歉，好话不听，劝得不耐烦了，昊子干脆让我打几下解气，我不自觉地喜笑颜开。生命如果真有护身符保佑，那么，昊子，你解开的是一个拴了好久的疙瘩，但愿疙瘩解开，今后的人生你我都能一路顺畅。

垚和昊子的关系格外亲密，为了听一首好听的音乐，垚在家里的客厅播放着CD，一边暂停，一边帮我抄歌词。你还教过我几句，羞涩地追捧那个时代的热潮，几句流行的歌词，我们哼唱了好长一段时间。好像我们一同拽着风筝线，手指握着线，十指又连着心，如同在翱翔一般。

娟和婷就不用说了，这么些年，我们一直保持着最紧密的联系，我的快乐哀愁她俩都了如指掌。两个文静的女孩子，现在又过着简单充实的日子，每每看到她俩，我就会不由自主地想起"青春"这个词语。

春的名字里其实还有一片海，海春。她讲述了好多我并未经过见过的有趣的人和事，我和她躺在一张床上，黑漆漆的夜里只有她的声线还在传递故事。在夜里，最容易产生想象的颜色里，海春为我带来了目光之外更远的五彩斑斓的远方。

涵，我认为是我们班最漂亮的姑娘，一头乌黑的头发，高挑的身材。她的管理能力特别棒，初二那年，当选为我们班的班长，交涉每一件事情，双目之间既有威严又有不失勇猛的气势。作为女孩子，涵具备超越同龄人的能力与举手投足之间的分寸，如果我是顺从安排的学生，那么涵就是青涩年华里高傲的公主，用行动去实践自己思维的勇敢者！

超，我记得，初中三年，唯有在你生日那天我大胆向父母请假说去参加同学的生日会。那是我第一次参加同学的宴会，那天有好多同学去了你的家，你的家人热情地招呼着每一位同学。也是快毕业的时候，那个貌似进入冬天的日子，我看到了你们家柿子树上挂满了红彤彤的柿子，吃过晚饭后，我还摘了一个拿回去放在家里的苹果盒子里。往后的日子里再看见柿子，总能想起那个冬天，你们家的那棵柿子树。

听说志华后来到了部队，我读大学的时候，我们通过一次电话，记忆里你的脸颊无论春秋都泛着高原红，志华做人做事都讲究一个义字。我只有你读初中的样子，波波头、白衬衣、个子不高、走路挺快。前些日子遇见你了，长高了，走路还是那么快！

宝玉，我第一次听你的名字也以为是《红楼梦》里的"宝玉"。我对你最深的印像也是你的名字，取名宝字即为贵，视如璞玉乃为宝。愿你一生如名字，真宝玉！

斌，毕业十五载，上周才遇见，样子没变，胖了些许，握了手，说话有些客套了。我们好像一直在同一片地域，就是很难遇见。我听到他熟练的交际，这几年，生活回馈给他一帮可靠的哥们儿，也是不错，比我强，我只有两个说知心话的姐们儿！

春剑的生活我能看到的只是偶尔的朋友圈，两个女儿和安稳的家庭。对于你们大多数人，我只有记忆中的四班和镌刻在脑袋里的名字。春剑年纪比其他同学稍长，在班级中属于比较稳重的一类孩子。懂事早，也就意味着被生活早早历练过，百折不挠的斗志可能是从那些淬炼中汲取的珍贵品质。

想写的有好多好多，勤学又朴实的胜武、踏实内敛的晓英、活泼开朗的心雨、质朴的唐阳、本分的东慧、聪明的如意、帅气阳光的建伟、瘦高的江明、大方热诚的王鸿、能歌善舞的泽德、聪慧的明江、精灵一般的树琴、漂亮的韩玲、黝黑帅气的利伟、壮硕的兴勇、贤惠的英美、娴熟的松香、小巧最富能量的张虹、文静的晓雪、勤劳的王莉、用功的肇群、俊朗的梦军、声线优美的杨军、善良的阿珍、勤奋努力的春鸿、豁达的青平、从容的泽郎木初、睿智的辉瑞、干练的陈鸿、儒雅的黄万、爱打篮球的宗秋、俊秀的罗剑、谦逊的梁杰、谦和的邓凯、大方美丽的李敏、口齿伶俐的文萍……还有一个，永远不能忘记的，被大河吞没的超，不能落下你。

想你们了！四班的每一个名字！

此后，我经历高中、大学，结识了更多的朋友与同窗，唯有初中四班的名字我能一个不差地背出来，唯有你们，我的兄弟姐妹，让我一直想念！

你们是无法替代的青春，正当大好年华的时候，我们聚集成一个整体，仔细想来，真正陪伴彼此长大又继续见证未来成长的人其实不多，谢谢你们见证了我！感恩你们陪伴了我！

毕业之后，我几乎失去了你们所有人的联系方式，可能在不同的时间中，你们跋涉过的高山已经超越了预想的海拔，你们闯荡过的世界依然有璀璨的烟花，你们走过的痕迹，是我努力想雕刻的关于青春和同窗的印记！

我们是老天爷撒下来的沙粒，被风吹去天南海北，有的成了高楼大厦，有的去了广袤的沙漠，有的依山成岭，有的选择与风栖息。阳光山河，都是你们。

我时常梦见考试，一个人坐在空落落的教室里，也不知道三十多岁的年纪还能考取什么样的功名。我总在梦里考试，总握着钢笔书写着连我也看不清晰的答卷。

可能，我想你们了。那些简单稚嫩的日子，在一去不复返的青春里，我们背着彼此的梦想走过，我们看着彼此的脸庞走过，我们紧跟着彼此的步伐走过，我们陪伴着我们走过！

何时才能见到你们所有人的样子？

想你们了，我的兄弟姐妹们！

无论是坎坷的奔波还是多舛的劳碌，无论幸福的眼睛张望何处，都愿你们人生圆满，处处周到！

我在远处张望你们！愿幸福的眼睛努力跟随，愿每个人的笑颜宛如孩童！

我的同窗！我的四班！深深的语言来不及道别，请在今天让我想念你们每一个人！

她

　　遇见过很多人，也尝试记住他们的名字，后来发现，越想努力记住的越遗忘得没有痕迹。而有的人，会像种子一样根深蒂固在你的记忆中，你不用刻意为岁月施肥，不用留心为遇见浇灌养分，他们会在你生命中自由且茂盛地生长。她，就是那个自由且茂盛的人。

　　初次认识她，确切地说是这位女性，应该是在 2014 年 7 月。第一眼看见她我很害怕，心底是发怵的，她强大的气场在举手投足间展露无遗，她的眼神穿透镜片笔直地落入我的眼睛，她的语言也如同惊雷之势，在我之前的人生阅历中，从未接触甚至见过这样的气魄。

　　为什么要称呼她为女性？那是因为我觉得女性这个词更能代表她的气度和涵养，女性这个词更能折射她如盔甲般的坚毅，还有，我也是女性，更隐含着内心与这个性别共通的属性，这是身为女人与生俱来的天赋。

　　有些人的修为用肉眼就能够直接看到，那是内心深处的光芒，是经过时间打磨出来的轮廓，每一个表情都牵动岁月的神经，每一句话都能激起时光的涟漪，她用自己的修为为自己镀了一个金身，所以，她既慈悲庄严又仁爱广袤。

　　几乎每位女性身上都闪耀着同一种光辉，她也不例外，言

流韵时光，抵达一道明亮的光

097

谈之间总会流露出如母亲般的仁慈，我在她的眼睛里读到了一些故事，这些故事有年头了，甚至可以说沧桑，我不忍心再去拨开岁月的皱纹，那样会弄疼她。

她像智者一样启迪了我许多生活的哲理，遵循这样的规律，我开始重新思考自己，这种思考是有沉淀的。以前，我只是个为理想卖命的人，知道义无反顾，却少了冷静的思考，以至于为前路撞得头破血流仍不知悔改，愚钝的样子像极了傻瓜。她一板一眼地说，我一字一句地熟记，对于生活我们都太认真了，或者说太较真了。她是过来人，我还在懵懵懂懂继续寻找生活的答案……后来我才知道，我们就是生活的答案，带着生活的哲理，去探寻解题公式，这大概才是探索一切的意义吧。

我很少问她问题，或者说不敢，但我却常常倾诉。她有一种可贵的品质，让你在她身边就能很安静地触摸一些思绪。我很排斥性格暴躁的人，和他们说两句话，心绪久久都难平静。我极易被周围人的性格所带动，你不说话，我绝对不会多说一句，你愤怒发飙，我也会跟着发癫。要说高中那时候，无论周围环境多么吵闹我都能静下心来看书，年龄越增长自己反倒越没有了定力。所以，我尽可能去靠拢安静的人，尽可能去捕捉宁静的时间，使得自己也能沉静下来。

我们坐在小溪边，在同一颗太阳下我们分享了与夏天有关的故事，这些故事落在滚烫的石头上，落在清凉的溪水里，我们一会惆怅一会傻笑，一会高声喧哗，一会低语诉说，每一个字，我们都很用心。

她把手中的树枝一节一节折断，我拿着树枝在沙粒上画下奇奇怪怪的图形，大树把我们的影子遮盖着，我们在光阴里诉说。她没有问我问题，一切却清晰纯粹。

我把有关她的记忆定格在一些时间段，零零散散需要花很大力气整理成片段。坐在当下向过去延伸，思路异常清晰，只是那些路还要重走一遍，那些记忆注定要被复原一次，所以，才有了小溪边和那些蜿蜒的路。

　　可能以后的以后我还会遇到更多的她、更多的故事，有的我会努力记住，有的仍然了无痕迹。那时候，太多太多的她，太多太多的她们又会给我什么启迪呢？

我们仨

初一我们仨在一个班，从同学到闺密，这一算我们的友谊都十七八年了。

娟性格温婉柔和，个子高挑，身形细瘦，说话做事得体大方，在我们三人当中，她最漂亮。婷性格相对内向，不太善言辞，踏实可靠的作风让她在三人队伍中备受信赖。我不温不火，安静的时候安静，暴跳如雷的时候跟谁都急眼，疯起来不受约束，固执起来头撞南墙也不悔改。

我们在青涩的年华里相识，坚固的友谊躲过了光阴的侵蚀。无论时间如何变化，我们三个在情感的某一处始终是连在一起的。

我们的座位在不同位置，我和婷一前一后相对要近些，课间十分钟娟会到我们的位置上聊天，那短短的十分钟，太精致了，我们巴不得什么都说。娟喜欢带零食，我们经常分享她手中的美味。除此之外娟的茶饭也是我们三人当中最好的，我和婷经常到她家中吃娟亲手煮的火锅，娟会往我们碗里夹很多菜，每次吃完饭，娟绝对不会让我们帮着收拾，吃完不管的我们又仰在沙发上聊天……那时候，天马行空的梦充盈着我们的青春，在娟的笔记本上我看见过这样一句话："我不能做梦，但我不能没有梦。"这可能是她的座右铭。娟喜欢画画，她经常在课本空白处描画一些卡通娃娃，不出意料，高中时娟当真就把画画当专业来学习了。

婷喜欢看小说，我坐在她身后，经常看她在课堂上偷偷看小说。有一次物理课，当老师走到婷跟前时，婷依然看得入神，老师一教鞭敲在课桌上，婷身子一抖，恐慌的眼睛望着老师，老师二话不说没收了婷的小说，那一刻教室安静得落一根针都能听见。我长吁一口气，心里暗自庆幸："幸亏老师没打婷。"婷的成绩不错，她自尊心极强，要说物理成绩每次月考能及格就烧高香了，全班五十几人，能及格的寥寥无几。尽管这样，婷在向老师讨书的时候还放豪言保证下次一定考八十分以上。老师把书给了婷，第二个月，婷物理考了四十多分，离八十分的目标差了一半，强烈的自尊心，让婷沉默无语了好多天。

我们三人为了共同进步，"签订"了《卢晋唐条约》，里面明文规定了每天的学习任务和零花钱使用范畴。我们各自签字画押，人手一份，我和娟会时不时拿出来读一下，婷呢，只有在违反"条约"的时候她才会叨叨几句，替自己辩解一下。刚开始我们义正词严互相监督，相互指出缺点和提出改进的办法，后来睁一只眼闭一只眼，得过且过，直到最后"条约"完全不起作用，我们在悄无声息中渐渐淡忘了"条约"。青春仿似从来不受束缚，"条约"也不能捆绑我们时而贪玩的心。

年少的友谊就是黏在一起的，我们三个就连体育课也要贴在一起排队，因为娟个子高，硬被体育老师调到了排头，我和婷站在一块儿，有时候偷偷看站在排头的娟，有些孤单。

除此之外，每次上课她俩都会来家里叫我，婷先找娟，然后她俩一块儿又来找我，这样一直保持了六年。记得初中修路，雨天泥泞不堪，我们也一直并肩前行，现在想来，人生路途满是风雨，陪你走过来的人其实寥寥无几，庆幸还有她俩。

我们仨几乎形影不离，就算大热天也手拉着手，婷的掌心老爱出汗，我每次都抱怨她，每次我们都还会把彼此的手牢牢抓住。这种温度传递了一种讯号："不论寒暑，这份情谊总能温暖你生命的某一处。"

我们仨相约去了县城周边的一些地方，一路上我们嬉笑打闹。性格内敛的婷总会第一个安静下来，她一个人走在后面，忧郁的眼睛望着公路，步调缓慢又深沉，那时候，婷具有一种超越年龄的稳重。与娟的贤惠相比，婷还有一种端庄的气质，这种气质蕴藏在她待人接物时的一言一行中。我走路弓腰驼背，婷发现后会用手敲击我的脊背和腹部。我在被突袭的疼痛中与她争辩，她执拗地一定要让我把背伸直，说罢还用双手使劲拉伸我的肩膀。就是这样，婷不容我身上的一点点瑕疵。

初中毕业，我们仨都顺利考上了高中，我们还能继续自己的学业，落榜的同窗，不得已要选择与生存相关的副业，我们在庆幸之余也倍加珍惜余后的求学生涯。高中分科之后，我和婷在一个班，娟分在了另一个班。当时我很惆怅和沮丧，为什么就不能分在一起呢？会不会没在一个班感情就淡了？会不会我们各自都会寻觅新的伙伴？……答案是否定的，娟和婷每天都来找我一同上学，我们照样说笑，照样嬉闹。因不同班级老师的授课方法不同，我们都把不会的题列出来，讲述各自的解题思路和方法。距离，让我们在同步的时间里拥抱得更加紧密。

友谊不是一帆风顺的，我们仨也闹矛盾。针对矛盾，我和娟要柔和一些，懂得让步，懂得有分寸地为彼此考虑，婷就不一样了，面对矛盾，我的理解是她很针锋相对，惯用的就是以冷战来回应对方的示好。她不会用多余的语言解释，冷漠的表情一时间让人不知道如何做才好，我和娟换着法地哄婷，反倒哄不好，过一段时间婷会主动找我们示好。那时候我觉得婷有冷热病，忽冷忽热让人摸不着头脑。虽然有过小摩擦，但我们三个之间从来没有误会，也从来没有大吵大闹过。这友谊很坚固。

高中毕业之后，娟和婷都考到了重庆，娟终于不再一个人了，在陌生的土地上，终于有婷和她做伴。我呢，去了康定，从一座山辗转向了另一座山。当时母亲正重病入院，我忙着打理家中的一切，来不及道别，我们匆匆踏上了异地求学的路。

大学期间，我们经常在QQ上互相问好，简短的语言像诗一样，一行一行永远没有句号。大二那年，婷和娟从重庆赶来康定看我，看着她俩的一瞬间，我的眼泪几乎流下来。她俩面前我不用避讳任何情感，想哭就哭想笑就笑，就算长久沉默不语，我们仍然能感同身受，我们仨就有这么神奇。

我的伙伴，我最亲密的朋友，毕业之后我们相继走上了属于自己的生活轨迹，我们相聚又别离，各自历经了坎坷之后，我们仨都倍加珍惜这段友谊。

之后，我也遇到了很多的朋友、很多的伤害、很多惹人头痛的烦恼。有些心酸只想跟她俩说，有些苦楚只愿倾诉给她俩。可能往后我还会遇到很多很多，在我心里她俩真是别人不可替代的。

娟在我们三人中最先结婚，选择幸福的娟也被幸福眷顾着，有一个可人的女儿、心疼她的丈夫、一个属于自己的家。她结婚那天，我和婷很早就到她身边陪她化妆，看着镜子里的娟其实很想哭，但喜庆的日子还是不要有眼泪。晚上花夜，我怕感冒想回家换衣服，娟立即要与我同路，她要陪我回去换衣服。"你今天可是新娘，不能走吧。""没事，我陪你。"我不敢耽搁立马和娟回到我家换好衣服，返程的时候，烟花在空中绽放，我摇下车窗，仔细看璀璨的烟花，这场烟花，是属于我身旁的新娘，属于娟的美丽夜色！那一刻，我的眼里满含泪水，真舍不得她，又真的要衷心祝福她幸福。

后来的故事太长太长，我们仨时常相聚，又时常各奔东西。我们从驻足的地方重新出发，又会在哪座陌生的城市抵达呢？有时候，我只有你们，有时候，也只想有你们，你们明白我过去的一切，理解我当下的所有。

娟，婷！

你俩是刻在我心上的两个名字。

一个温暖如阳，一个柔美似月！

一个和我相似的人

忙碌的节奏和纷杂的人事搅乱了生活，原本不值一提的失落很容易被沉静的思考放大，于是乎，我开始渴望一程自在又不失风度的旅行。

在经不起等待的时光里，必须说走就走，这与我们周遭的一切有莫大的干系。父母尚在，不去远方；儿女尚幼，不闻远山；工作繁忙，不诉离愁；诸多的事情把我们困在现实里，喘不过气。

经常在微信朋友圈或各类媒体上看到游走四方的人们，自由跋涉的乐趣和尽情投身自然的身影让他们更富有魅力。他们身后难道没有妻儿老小？没有忙碌和繁杂？没有夜以继日的工作？答案是有，并且还不少。只不过他们懂得包容，让自己去包容心酸，让旅途来包容自己。一层裹着一层，日子才会重重叠叠。

我特别害怕有目的性的接触，过于明显的社交张力和势必讨好的语言不断笼络虚荣心，短短一瞬，就成了贴心好友。知音良人，得来好易！

在并不漫长的青春里，我也遇见过这样的情谊，他（她）们说什么、承诺什么我都深信不疑。到后来，我发现自己整夜失眠，越来越疲惫，黑夜吞噬了原本简单的心愿，那时青春年

流韵时光，抵达一道明亮的光

少，不懂得计较，也是因为青春矫健，方能逃出岁月大难不死，有幸扛过那些沟沟坎坎。

现在，谁要是骗我，我能哭上好几天。

成熟的年龄会让人越来越看开，也会让人如渡劫难一般重生，无论哪一种，自己都要好好的。

好友曾告诫我：是非辩驳离远点，人情来往看淡点，好听的话听一半，刺耳的挖苦别当回事，现在的年龄不允许我们去掩饰，掩饰得越多失去的越多，最后你会发现，自己的闲事都管不完。

她这话说得在理，虽然表达的时候一脸凝重，在理的语言通常不需要花哨的表情来修饰，人有自知之明，一两句就能明白的道理不用大费篇幅多做注解。

我和她性格相似，不太喜欢人多的地方，一个人的独处能思考很多适合自己的哲理。我们敢于和偏见做一些争执，也会在老大当婚的定论中为自己找一些辩词，尽管有人误解，泼来的冷水让我们始料不及，瑟瑟发抖的两人依然彼此鼓励。契合的本质是理解和感同身受，在我行我素的自由中我们也有一套约束自己的法则，所以，我和她都不太在意别人眼睛里我们的样子。做好自己，活好自己比什么都重要。

我俩基本不对周围熟悉的人讲述有关于我们的一切，我们的家庭、父母、工作、兄弟姐妹，都成了我们自己的秘密。我俩压根不给别人刨根究底的机会，因为害怕别人带有评论性质的语言中伤我们。这个社会太现实了，现实到要去攀比车子、房子，甚至谁家老公有本事，谁家孩子成绩棒，谁家父母背景大人脉广，谁的单位好，谁的职位高……在精益求精的现实中活得不堪一击。所以，我们不去表露自己的任何点滴，旁人也别来跟我们较劲。

我们为彼此储备了一肚子话，有道理、见解、认知和文艺小青年的小梦想，看着彼此眼中的模样正是我们自己。我特别欣赏她和我争执起来的劲儿，总能用自己的道理将我说服，又能在矛盾中为对方留有足够的表达空间，建树自己思维秩序的时候，从来不打乱别人的节奏。我俩从十几岁争论到三十多岁，其间吵过、闹过、作过，却从没有散过，这感觉真奇妙。

　　《我的前半生》中罗子君和唐晶的友谊羡煞旁人，每每看到这两个角色就联想到我们，嬉、笑、怒、骂，我和她哪样没做过？

流韵时光，抵达一道明亮的光

倚　窗

　　算不来时候，不知何时开始喜欢静静在窗下倚坐，做的只是寻常：览书、捉笔、闲谈、培育花草……一抹窗户通透明亮，在意的大概是位置给予的宁静。这样的窗口是不用刻意去找寻的，自己大概是个好将就的人，寝室、教室、宾馆……只要能得闲搬动椅子，无论坐在哪个窗户下，总会享受到独特的宁静。

　　时间像丝线环绕在岁月这根大轴上，回忆的针头试着缝补过往的片段。我是一个记忆力并不太好的人，也还是想顺着回忆做些"女红"，回味过去，顺意找些源头……

　　父亲只有初中文化，三十五岁时才结婚当上爸爸，三十七岁儿女双全。我是家中的老大，弟弟比我小两岁，记忆中，我们两姐弟背一样的书包读小学，用一样的文具上中学，后来各自在不同的大学，记忆就不深刻了，只是彼此想念的电话连接，喉咙酸楚到说不出话来。在成长的过程中并未觉得他是儿子我是女儿，只觉得自己是个孩子。我和弟弟的房间布置、家具摆放几乎一模一样，唯一不同的就是各自窗前的书桌。大概是小学三年级我和弟弟就有了各自的书桌，一直用到现在。他的略旧，我的出奇的新。安置那天弟弟哭得死去活来。只记得母亲给了他一颗五分钱的薄荷糖，他便停嘴乖巧地听着父亲的安排。后来，他时不时跑到我的房间看那张书桌，每看一次让我担心好一阵，生怕他寻死觅活再要回去。时而弟弟从我跟前跑过，一阵风，带着些许玩耍孩子的汗味，毕竟是孩子，时间一长也就淡忘了。两张书桌父亲执意要安放在窗前，说这是"规矩"。有了书桌，我经常倚窗而坐，一开始是喜欢，时间一长就成了习惯。大概从这里开始，写作业、捉笔、览书，一切在不经意间内心欣然接受……

穿过一个回忆的孔，接下来就要滑过整根故事的线。指尖的来回拉动逐渐也会从生疏到熟练。

我倚窗的习惯大概从那时侯开始养成。父母整日围着生活打转，同龄的伙伴在童年里疯跑，我偶尔倚在窗口发呆，谁知道我想了些什么？

倚窗成了向宁静靠拢的一种捷径，就算来回旅途，也习惯倚窗而坐，路途倚窗有种宁静的安全，与人协商，互换位置，是我在路途上做得最多的一件事，同行的、陌生的大多会成全我。现在，只要有窗户的地方，若条件允许，我都会放一张桌子或是一把椅子，把腿放在上面，没有人清算坐姿，那样与宁静为伴真是美极了，日子打发得不精致总还是有意义。

回忆的针头一缝补，线就越拉越短，在近处的回忆自然就很清晰。倚窗人还在窗前梳理文字，怕太过生硬的记忆会戳伤自己，又怕记忆经不起缝补，零零散散穿了一些，就有了这篇文字。同样，它还是倚着窗写的。

张老师

"你想好不参加了?""自己准备得还不充分。""你演讲稿写得不错,就是有些怯场,我觉得这次你可以尝试一下,那么多参赛的同学多多少少都会紧张害怕,你要慢慢克服,我先把名字给你报上去,你下来再认真准备一下。"没等我回答,张老师就去找年级组长给我报了名。

演讲比赛,我拿了优秀奖,就是参赛奖。出奇意外的是,我没有过度紧张,只在演讲中漏念了一两句。台下候场的时候,我见别的参赛同学一边演讲,一边手握话筒发抖,甚至有的嘴角肌肉跟着抽搐。我当时心想,"只要顺利背完,就完事了",至于表情、肢体动作我想都不敢想。

张老师是我初中班主任,也是我们班政治老师,身形瘦弱的她教学风格特别稳健,在兼顾每一个学生学习特性的基础上还能用自己的一套方法来帮助学生巩固知识要点。对于众多学生来说,她赋予我们知识、见识和细微观察的能力,对于我又远远不只这些。

我是我们班的语文课代表,每年"一二·九"或"五四"青年节学校都会组织合唱比赛,自从那次演讲比赛之后,张老师总会安排我写一些开场白,然后全班声情并茂地进行朗读和背诵。

只要与文字相关的活动张老师总会提醒我参赛，无论诗歌还是散文，我会用心去完成她交代的任务，张老师也会在过程中给我很大的鼓励和肯定。

　　每个孩子身体里都藏有一个未经启迪的本领，我并没有发现自己在写作或是文字方面有任何突出的地方。任何贫瘠的开垦第一锄头绝对是最艰难的，当这片土地开始回馈鲜花和果实的时候，开垦者依然默默无闻握着锄头埋头耕耘。现在想来，张老师就是开垦我的人，一直赋予我源源不断的想象和不懈的思考，我悄无声息地就在这个过程中生长发芽了。这种潜移默化的智慧，在不知不觉的时候恰到好处地扎根灵感的每一寸。

　　张老师不会要求我们成为拔尖的人，但必须时刻保持一颗上进的心，这是一种引导，面对学业或未来生活的积极态度。面对无数次挫折和困难的时候，这颗心每次都使尽全力把我从困境深处拉出来。

　　我知道做有心人并不容易，从一点一滴的岁月中去辨识我们对于生活的积极态度，不断琢磨和实践知识，教授给我们分析事物、看待世界的眼光。稚嫩的本领还未羽翼丰满的时候，栽几个跟头、跌几回悬崖在所难免，我们都在等待翱翔的一刹那。

　　张老师把全班五十几个孩子的脸庞牢记在头脑里，每个孩子的特长是什么、谁最老实、谁比较开朗、谁的字写得最好……她都了如指掌。

　　那时候，知识赋予我的见识是顺利考上高中。短短寸光在遥不可及的梦想面前必须先排列成满天星光。

　　同学们知道我喜欢写诗，便有男同学央求我帮忙给他们暗恋的女生写情书。一个叫胡超的男孩是我的同桌，以前他坐在我后面，后来张老师调整位置，我和胡超成了同桌。高高瘦瘦的胡超特别清秀，他喜欢穿白色衬衣，挽起袖口，露出两只胳膊，我们几乎不说话，写作业的时候他脑袋总是往左斜着，特别认真，特别专注。一天他交给我一本崭新的笔记本，叫我把诗歌写在那上面。我和胡超平时基本不说话，我很诧异为什么他要求我把诗写在他的笔记本上。"反正你写，写什么都可以。""我不想写。""就要你写，过几天给我就可以，我又不催你。""是情书吗？"他眼睛盯着作业，漫不经心地说："随你写什么。"我把笔记本还给了胡超，答应一首诗只需要一张作业本纸，笔记本用不上的。两天之后我把诗递给了胡超，像完成任务一般。我并没有写情诗，那时候我并不懂"喜欢"这个词在青涩年华里的具体含义，我只记得，在帮胡超写的那首诗里我第一次用了"依托"这个词，大概写了一篇草原，青青小草之类的，具体的文字我已完全记不清了。只看到胡超把纸张弄得皱皱巴巴的，毫不在意地放在了文具盒旁边。当时我很气愤，"让我写还没当回事，以后求我写也不写了……"随着时间推移，我渐渐遗忘了这件事情。

我是语文课代表，自然而然语文老师会安排我收集全班的语文作业。那一次我几乎收齐了全班的语文作业，只差胡超和几个同学的。那会儿胡超没在教室，我看见作业本就在他课桌上，便顺手拿起来。不料我看见胡超语文书里面夹着一张纸条的边角，翻开那一页，居然是我写的那首诗，褶皱被抚平，整齐地夹在语文课本里。胡超刚好进教室，见我手里拿着那张纸条，一向脾气温和的他一下跑到座位上骂了我几声，我趴在座位上大哭起来，从此再没和他说过一句话，因为同桌的关系，我们都小心翼翼。后来我上课写诗被教导主任看到没收了课本，我难过又紧张地望着窗外，胡超立马把课本摆在中间以便让我也能看到，我脾气倔，打死不看，只埋头做笔记，他依然把书放在中间，然后趴着偷偷笑。"下回我给你放哨。"我仍旧不搭理他。后来换位置，我又迎来了另一个同桌，也就在初二那年暑假，胡超去大河里游泳，再也没有上岸。开学的时候，张老师很沉重地告诉大家这件事，教室里一片哗然。多么清秀的男孩，胡超，就这样淹没在了大河中。

胡超是第一个请我写诗的男孩子，遗憾我没有收下他那本崭新的笔记本，如果知道他会被河水淹没，我会努力写满每一页。可能他会在家读我的诗，不会去河边了。这世上的"如果"，都是后悔和遗憾的替身。

张老师并没有过多提起关于胡超的事情，五十多个学生的心灵需要安慰，留下的空位是每个人都要面对的裂痕。

张老师是陪我们度过青涩时光的长者，是她举着灯塔指引我们前行，葱郁的青春在她的注目下慢慢成长。

张老师有一套紫色的套装，她穿在身上非常标致。通过一个人的身形感受她独特的气场，这个人就一定具有非常卓越的魅力。张老师的气质是岁月中沉淀的修养，静且美好。

初中三年，时光转瞬即逝，后来我从一个地方到另外一个地方，从故乡到他乡，从他乡再辗转更远的地方，中途又再停留故乡。这一路心一直被流放，文字成了我无声的语言。

不习惯用语言表达和诉说的人，会养成一个习惯：用文字来表达内心。要不是张老师当年在班级中培养和鼓励我写文章，我根本不会有用文字练就的属于自己的本领，现在真不知道该拿什么吐露心声。

现在偶尔还能遇见张老师，我们能聊好久，话题关乎生活、工作、琐碎和惆怅的烦恼，张老师会给我很多建议和一些应对的智慧，我在她细致的引导中豁然开朗。人有时候会莫名其妙陷入思维的死胡同，一句由心的劝导恰恰能给予我莫大的疏解。

"学高为师，身正为范。"张老师用实践和智慧诠释了这句话！现在想来教授我的人有很多，真正挖掘我的却屈指可数。

　　我很怕同龄人的衰老，因为我的生命和他们保持着同一速度，他们的衰老也就同样代表我的衰老。我一直与初中四班保持着最紧密的联系，无论是张老师，还是同窗之间的情谊，我都在记忆中反复回想和凝固那三年。因为，至此之后，我的语言变得越来越少，我的课本写满了笔记，我的交际只有两个一同长大的伙伴，我只知道埋头读书了……当我再次抬起头的时候，已经长大了。

　　长大后，生活赋予万般使命，总渴望长大的孩子终于长成了大人，我开始教授别人，突然想回到初中四班，张老师站在讲台上，我们是她的孩子。

　　"上课。"

　　"起立。"

　　"老师好。"

　　"同学们好。"

　　…………

挚爱亲朋，
刻在骨子里的名字

有的人的名字在纸上

有的人的名字在心上

有的人的名字在记忆中

而你们的名字，刻在我的骨子里……

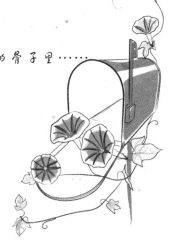

父亲这堵"南墙"我不撞了

我的性格，一言不合就和父母顶撞起来，借着读过几年书，甄别几个道理，便用文字打嘴仗，半句话的亏也不想吃，好在父母不和我一般见识。

"哇，二爷穿上了新皮鞋，还是红蜻蜓哦！"

父亲盯着我不好意思地笑了，回了我一句"轻脑壳"。

二爷是平时我对父亲的称呼，父亲的朋友都叫他"卢二爷"，调皮起来的时候我也称呼父亲为二爷。起先他眯缝着眼睛说我没个大小，年岁日益增长，父亲的面部表情渐渐僵化，加之脑萎缩，卢二爷就真的像个爷爷了。

父亲低着头仔细看着脚上的新皮鞋，这是前年春节的时候我在成都专门为父亲买的，平日里他总穿弟弟穿过时的鞋子，要么不合脚要么鞋子已经变形，年轻人的时尚穿在父亲脚上显得格格不入，况且是已经变形甚至破旧的时尚，虽然清洗得很干净，看着父亲的脚我仍然很心疼。

去年春节只正月初一穿了一天，父亲就把皮鞋放回了鞋盒子里，因为鞋子是冬季加绒款，我当时还劝父亲穿，只见他用手指擦了擦鞋尖，便立即合上了盖子。

第二回见他穿是去亲戚家喝喜酒的时候，那时候已经农历四月初了，天气明显回热的时候，父亲穿着加绒的新皮鞋走了一趟亲戚。

两年，加上这一次，应该是父亲第三次穿这双皮鞋。

父亲在院坝里走过去转过来，低着脑袋仔细看他脚上那双皮鞋，甚至走在大公路上也时不时盯着脚上的皮鞋，我想揭穿父亲内心的喜悦，又怕不经意的语言会打碎他保存完整的体面。想想还是作罢，我就跟在父亲身后，看他蹒跚的步伐一直向前，也是我莫大的福气！

时间突然过得很快，2020 年的冬天说来就来了，在不经意的时候，我还没有整理出应对这个冬天的毛衣，父亲的眼睛就已经看到了霜花。

"白菜叶子上白尽了，一层霜，天气硬是冷起来了。"

"霜一打，叶子就落得快。"

父亲的冬天，从一层霜开始，然后是一层冰，再接着是一场雪，最后一场雨，冬天就结束了。

今年父亲六十七岁了，他见过六十七载霜花，走过六十七载寒暑，淋过六十七场雨雪，他的春天，他节约下来的喜悦、他积攒下来的春风，都温存在了岁月里，或者全部倾囊给了他的儿女。我承认，我拿得最多。

父亲和颜悦色的善待是我向他索取温暖的通行密码；变本加厉的严肃是他教养儿女的手段。没有规矩不会有方圆，父亲的规矩是他定的，后来我发现，父亲一退再退，甚至一再妥协，他是爱我的，他甚至已经妥协退让到了自己修筑的南墙边。只是我喜欢把不高兴的事说出来，把不痛快的事直接表达出来，把解决问题的时间提前到此时此刻，甚至正在争论的时刻，所以，据理力争的后果就是一发不可收拾的家庭战争。我和父亲各自一个阵营，以前总是我赢，现在他老了，争不过我了，反而，他赢了。我输得心服口服。任何争辩基于他都是本能的保护，在他的女儿历经各种实践之前，他不过是想教会我一些道理，避免吃亏。

可是父亲，我遗传了你老实本分的个性，吃了不少亏，还用你积下的善德于人前受到庇佑，写风又写水，却把顺风顺水这类词语藏在辛苦背后，夹着尾巴做人，与谁都谦和，想高调的时候照照镜子。嘿，这不就是我嘛！父亲，你会理解我孤独的顽皮吧！

父亲，你的女儿已经三十多岁了，还坚持用自己的理解在触摸与感知一切，你这堵南墙为我遮挡过多少风雪雨露？南墙外的世界我去过，尘土飞扬的世间，只有你筑起的南墙才是温暖的巢！

南墙与北坡，可能女儿注定要去跋涉北坡，你这堵南墙，我不撞了。我们和好！甚至和解！以后，我带你去北坡看看女儿播种的风景！

春 花

　　傍晚开窗，细小的蚊虫在天花板飞旋，翅膀扇打的季节莫名有种被讽刺的窃喜，它们七零八落在各个角落，这样的片段反倒让我回忆起了外祖母，随着昏暗的灯光莫名地思念。

　　记忆的闸门一打开，思念的洪流就按捺不住，连梦都被浸润。我时常在梦里依偎在外祖母怀中，牵手走过安宁御碑、通司河坝，吃着她做的玉米蒸蒸饭，帮她抠背扯白发，关于她的记忆全是琐碎的但也最温暖。

　　我是阳春三月出生的，从母亲得知"有了"的时候外祖母就亲自照料。在那个过年才能吃新鲜猪肉的年代，外祖母硬是不顾家人反对把家里的年猪宰杀了，原因很简单：怕母亲吃了外面的猪肉娃娃将来"扯疯"（外祖母认为误食怀有猪崽的母猪肉，婴儿以后会发癫痫）。母亲害喜严重，几次吐出了黄疸，但无论怎么吐，外祖母还是强迫母亲无条件地吃，理由就是："为肚子里的娃娃好。"以至于母亲在羊水破了之后，她还端着大碗的荷包蛋往母亲嘴里塞。说也奇怪，我出生时头上还顶着一个类似蛋黄的圆，接生的医生也惊奇地围着看，外祖母吓傻了，以为生了个怪物。我出生时仅两斤半，没有一点儿孩子的啼哭，善良的医生嘴对嘴吸取我口中的异物，倒挂金钩屁股一扇，我才一声响亮地回应。母亲说当时已经精疲力竭，看见我只觉得像一只大老鼠，太丑太丑……

两斤半的体重让外祖母觉得为难，她从医生手里"沉甸甸"地接过我的时候，我生命的重量就由她撑起。起名成了全家人急需解决的问题，因为要上户口孩子就必须有代表自己的符号。我是三月出生的，当时金川的梨花正值繁开，外祖母说就叫春花，卢春花。父亲一听就不答应，觉得名字太俗气。几番争执后外祖母气极了，说父亲是"半斤八两装出才高八斗"，父亲不敢言语顶撞，只得作罢。外祖母抱着我要找算命先生排四柱、纳八字，想对我未来的命运做一番预测，也想对她起给我的名字有一种认可。算命先生的几番说辞下外祖母坚定地认为我是可以拿笔杆子的，取名就随了父亲。外祖母毫无文化，在记忆中，她牵着我在御碑亭里一边揽树叶一边背"诗"，其实哪是什么诗，只是民间上口的小调、俗语罢了，她坚信我会成为有文化的人，就以自己力所能及的方式培养我。在我幼小的心灵中外祖母早就播下了一颗智慧的种子，在重复的年月中精心耕种。

幼时的我也同一般孩子一样调皮、油盐不进。大概在三岁时，我时常趴在家里的大瓷盆边玩水，经常不留神一跟斗栽进水里哭喊，半天劝不住。外祖母吓得像失了魂一样。一次，父亲把钓回的本地石巴子放进瓷盆，被我玩耍挨个掐死。父亲知晓后要给我一顿瓷实，哪知外祖母把我抱在怀里随我一同哭喊。我是她的命，打了我就是要了她的命。按当地话："那是要遭雷劈的。"孝顺的父亲哪还敢下手。外祖母是个连走路都担心踩死生物的人，不会就此事而心安。事后，她阿弥陀佛念叨半天，为我的罪孽消灾，代我一个月没吃荤。在外祖母的庇护下，我无忧地成长着。

我是外祖母一手带大的，到了上学的年龄，才与她分开。记忆中，每次到安宁探望，她都"春花、春花"地亲热呼喊。

"等春花读书有出息了我就享福了。"这是她常说的话。于是乎在她身旁的日子，只要有文字，香烟盒、衣服商标、来往汽车的牌照、洋瓷碗底的出产地，外祖母都会让我念给她听，灶背后的土墙也全被炭棒写成了至今我都看不懂的符号。就这样，红塔山、天下秀、土墙渐渐在回忆里活泛。

外祖母的头帕，有无数个补丁，裹在岁月里的针线早就褪了颜色，满头的白发就裹在里面。她经常发头风，每次都会叫我使劲扯她的头发，一大把白发，都在我的手心里。或许，她想用扯拉的疼痛来麻痹神经，麻痹岁月带给她的伤痛。

外祖母年岁渐高，意识也不清醒了，与她摆谈的人越来越少。孤独的她总是对人说这样的话："我给春花藏的核桃糖在酒米罐子里，来了给她（尽管我来时核桃糖已发霉，她仍然舍不得丢掉）。"要不然她就独自一人坐在安宁桥头张望，看那里来往的车辆有没有载来她的春花。她在盼望中重复着每天的日子，直到生命的尽头……外祖母是因肝腹水去世的，依稀记得母亲抱着我号啕恸哭，抱着我，抱着外祖母视如命的我，不知母亲是否有所安慰。她的葬礼我未能参加，父亲带回来一大把米，专门放在我的衣兜里，说是外祖母给我的衣禄。

就这样，时间湮没过往，生命的年轮一圈圈增加，我渐渐长大，关于外祖母的记忆变成了每年忌日、清明、七月半或是逢年过节坟头的呼喊。这些日子母亲都会让我双膝下跪，嘱咐记住外祖母的名字，不管未来如何，都要来她的坟头烧钱挂纸。"这是你的恩人忘不得！"瞬间，泪水夺眶。

一件碎花小衣裳是出生时外祖母专门给我缝制的，直到现在我还当宝贝放在衣柜里，时不时拿出来看看，闻闻兴许还会有外祖母的味道。看着这件小衣裳，隐隐地，心在作痛，衣服确实只有成年人的巴掌大。是什么让你把两斤半的婴孩喂养长大，啼哭的日子不知多少次磨碎了你纤柔的心。这件衣服我想一直留着，让它继续见证我成人妻、为人母，让它在未来的岁月中守护春花，陪伴春花。

　　一直想用文字写下外祖母，一直又没有勇气，怕感情无法自已。确实也如预料的那样，情感催生着的每个片段都让自己泪如雨下，几乎无法让文字继续。庆幸能在拥挤的时间里留下关于外祖母的时光，也庆幸能在不完美甚至笨拙的文字里写下外祖母，以春花的名义！以你视如命的外孙女的名义！夜，难眠！夜，想眠！春花、外祖母会在梦中超越生死，在梦中穿越轮回！夜，想念的每个梦里！

二　爸

　　我是家中长女，父母的第一个孩子，因为听别人说我和父亲八字五行相克，父母在我三岁那年找了一位算命先生让我改口，从此便称呼父亲为"二爸"。

　　那时年岁小，我只记得一位双目失明的爷爷和父母商议着什么，不一会儿就把我叫到火塘边。那先生教我喊了三声"二爸"，从此我漫长的人生中就再未称呼父亲为"爸爸"。

　　我平日里特别黏母亲，但在回忆里总想写写父亲，这是身为儿女本能的血脉感应。我的父亲平凡得如一粒尘埃，或在太阳下与风飘散，或在荒沙中积淀成舟，无论如何他都是广阔的。

　　父母养育了一双儿女，我和弟弟在严厉又温暖的怀抱中长大，当然这种严厉大多是父亲给予的。

　　小时候我们裸露在阳光下，光阴赐予我们成长的秘密。三岁那年父亲在金川中学食堂做工，因为那时已经有了弟弟，我便经常跟着父亲去学校，他忙碌的时候我就围着树桩玩耍，掏木屑，地上打滚，吃泥巴……甚至哪个学生逗我就跟着跑到没影踪。中午给学生打完饭，还没来得及脱下围裙，父亲就会端着一大盅稀饭向我走来。那一刻我飞奔着跑向父亲，父亲让我坐在树桩上，一边用勺子搅拌稀饭，一边吹冷往我嘴里喂。父亲张大嘴巴示意我大口大口吃，我也跟着张大嘴巴，一会儿工夫便把一大盅稀饭吃见底，鼓鼓的肚皮把衣服撑到变形。兴许吃饱了就犯困，我把红彤彤的小脸贴在父亲肩头，不一会儿就呼呼大睡。我生下来体重只有两斤半，医生说"根本不好养大"，在父母千般呵护中，我得以长大成人，仔细回忆那一勺一勺饭确实不易。

四岁那年冬月，父亲在火盆边为弟弟熬制止咳的蜂蜜水，我站在父亲对面，以180度平角与父亲对视。父亲的注意力全在那勺蜂蜜水上，全然没注意到我趴在四脚凳上。我绷直脚尖不断用力蹬地，人随着力度一前一后不断摇摆，忽然脚底一滑，身子一倾整个脑袋全扎进了火盆。我只记得父亲一把抓起我，待回过神，我已趴在父亲肩头，脸蛋已被灼烫到没有任何知觉，那一刻我几乎感受不到任何疼痛，母亲在一旁惊慌失措，父亲立马背着我一路小跑去往医院。因为年岁太小，具体细节我完全回忆不起来，仍然清晰的是一直趴在父亲肩头，从一条幽暗的小径跑过，除了凛冽的冬天还有父亲的肩膀。

当时我的大半个脸已经面目全非，经过一段时间的治疗，脸才开始慢慢结痂。担心以后留疤，父亲又四处打听偏方，最后不知从哪里找来了"猫油"，说擦在患处不会留疤。说来也奇怪，擦了"猫油"之后我的脸不痛不痒，更没有留下任何疤痕。

为了一家人的生计，父亲经常在各个餐馆、食堂做活，每天忙碌到很晚才回家，母亲会把我和弟弟安顿入眠，我每次都假装睡着，等听见父亲入门的声音便一骨碌爬起来。我知道父亲准会从兜里掏出糖果和其余好吃的，或者一枚橘子，或者一个苹果，那时候家里苹果挺多，总觉得从父亲兜里掏出来的味道仿佛更甜。父亲要忙到很晚才回家，无论半夜还是凌晨，只有吃到父亲带回来的糖果，才算真正过完了一天。

在孩子眼里，父亲是一双有力的臂膀，长大后才发现父亲原来是一座屹立不倒的山。这座山沟壑纵横，有丰饶饱满的庄稼，有四季分明的山花，有棱角突兀的石头，还有馨香憨厚的泥巴。总之，这座山承载了很多很多……

父亲以前以种庄稼为生，后来四处去包工，拆房子、修马路，他在陌生的行业里以一个老实人的姿态不断摸爬滚打。为了多搬运几袋水泥父亲挣断了三根肋骨，为了能顺利拿到一些小有薄利的工，他受了多少人的脸色，那些下不来台的困境父亲是如何应对的，我不得而知。只听到"受难人的罪，你们是体会不到的，我也不希望你们体会，既然生了就要养"。当时我并不理解这句话的深意，只是在成长的过程中渐渐感受到了生活的艰辛，现在想来父亲那句话是多么无可奈何的感叹，多么掷地有声的呐喊。

在困境中生长的人，骨头都很硬，用父亲的话说那叫骨气，没有骨气人就会垮，没有骨气，天就会塌。我和弟弟接受得很直接，就是用心努力地读书。初二之前，我对读书是麻木的，只是按点到学校，机械地学习课堂新知，还天真地憧憬着以后的故事。直到初二那年暑假，父亲突然让我和他去关山（金川县城旁边的一座山）上，已经中午了，按往常，父亲在早上五六点就得出发。看父亲一脸严肃，我没敢推辞便跟着父亲上了山。他走在前边，我跟在后边，一路上我们几乎没有对话，到半山腰的时候，父亲突然停下来，指着前面几座土堆告诉我"这是回回沟，埋死人的地方"。我一听心里直发怵，赶忙跑到父亲身边，我也是被娇生惯养的孩子，有些苦头的确是没吃过。那天我的肺快从胸膛里炸裂出来，呼吸追赶着脚步，到了山上，我坐在地埂边休息了好一会儿，父亲呢，一到地里便开始在玉米林里穿梭，一会就见不到踪影。听到父亲叫我帮忙捏苞谷里的虫，我才起身走到玉米林。说实话，我虽然是农民的孩子，满身尘土，却没有在庄稼地里做过半天农活，年长的人都说我和弟弟细皮嫩肉，以后肯定不会背着太阳过日子。一只只青色的虫在苞谷里蠕动，我翘起手指小心捏死第一只虫，墨绿的汁液溅到脸上，我眨巴眨巴眼睛继续捏第二只青虫。农民的孩子骨子里有一种和泥巴很亲近的情感，我也不例外，修长的玉米叶把我的脸划出一道道口子，父亲手臂上则全是细小的血印，太阳在我们头顶把影子拉得很长很长：山的影子很长很长，田埂的影子很长很长，玉米的影子很长很长，父亲和我的影子很长很长……黄昏的时候山顶的太阳往往是最后一抹光辉，等这道光辉散去的时候天际就会洒下黑暗，夜真的都是一点一点从天上洒下来的。我抬头望着光芒，时间仿佛都凝聚在了玉米叶上，那一刻很美，也很短暂。我们在黑暗中摸索回家，一路上跌跌撞撞，我的膝盖磕了好几个青包，回家之后来不及洗漱便酣然入梦。

那是我第一次感受到光阴，在一次劳作中，在泥巴堆积的山顶上，现在想来举起光芒的人，就是我的父亲。那个暑假之后，我变得很懂事，上课不再走神，也减少了同周围伙伴的来往，性格逐渐变得内敛文静，我把所有的工夫都花在学习上，成绩也一路飙升。我也不知道自己顿悟到了什么，大概当时很累，流了很多汗，不想再去爬那座山，不想脸朝黄土过余生，所以在可以选择的条件下，我宁愿去读书。

父亲特别喜欢饮酒，为此一家人伤透了脑筋，不仅是因为父亲在大醉之后滋事，更恐怖的是他挨个点名说教。不知从什么时候开始，从父亲的酒态中，我渐渐开始反感这个男人，我不再依赖父亲，甚至和他对着干，他爱我的方式也从呵护演变成了严厉的斥责。

下午每次放学回家，推开大门母亲只要小心用手比画让我和弟弟不要说话，我们就知道父亲今天又醉了，我连水也不敢喝便轻手轻脚回到自己房间。记得房间里有一本《冰心散文集》和三毛的诗集，我做完作业不知道该干什么，又怕走出房间被醉酒的父亲看到，于是就趴在床上翻来覆去看那两本书。

我记得玛格丽特·米切尔的《飘》还有三毛的《撒哈拉的故事》，前者内容里有一大串外国人名读起来很绕口，所以我对《撒哈拉的故事》情有独钟。每次上厕所我都要翻读，因为那本书以手纸的方式存在于厕所中，所以我错过了很多关于沙漠的故事。那些零星的文字一直在我头脑里扎根，好在长大以后，我终于在书店找到《撒哈拉的故事》，并一鼓作气读完了。

可能从那时候开始，光阴就在冥冥之中启迪我，只是稚嫩的手要用来写作业，一些故事还在以沙粒的方式沉淀。

我高考那一年，父亲也因为醉酒和母亲大肆争论，可怜的母亲为了让我能安心高考，不断祈求父亲停止争吵，那是我改变命运的一次机会，母亲哭诉的样子我至今难忘。弟弟一把推我上楼复习，我还不断和父亲争执，我们娘儿仨的眼泪未能打动父亲，他还是借着酒劲不依不饶地吼，我只能含着眼泪上楼复习，楼下的骂声仍然在继续……

第二天早上母亲为我煮了两个土鸡蛋，父亲一直未露面，我开玩笑说："吃了鸡蛋会不会考零蛋？"母亲一脸严肃地让我别胡说八道，其实按往常的饭量两个鸡蛋是远远不够的，不知为什么，一到重要考试母亲都会煮两个鸡蛋给我，记得弟弟高考，吃的还是面条。那天早上母亲一直未敢提父亲，我也没问，我甚至还在心里祈祷千万不要看见他。庆幸的是我并未被头一天的事情所影响，考场上发挥正常，后来顺利被四川民族学院录取。高考没多久母亲就重病入院了，父亲带着母亲去了离家九十多公里的马尔康医治，我以为只是一般的疾病，做了手术就没事了，突然一天接到父亲电话："二婶已经抢救很多次了，恐怕不行了，医生让拉回来……"父亲还未说完，我的腿就已经软了，肩膀不断往下沉，身体突然变得很重很重……父亲在电话那端哭得撕心裂肺，我拿着电话不断发抖，死亡从未离我这么近，我一边安慰父亲，一边宽慰他家里的事情不用担心，尽全力去救治二婶。外婆在里屋听到了我的哭诉，一下跑来问我母亲的情况，我立马挂掉电话，连忙起身面带微笑告诉外婆母亲没事，只是需要再观察一段时间，恰巧那时候弟弟放学回来，母亲的情况我只字未敢提，转过身，我却躲在厨房哭成了泪人。

　　那是我第一次听见父亲哭，哭得很无助，哭得很心酸，哭得很让我害怕。我在恐惧里接受母亲病重的消息，在无数个黑暗里彻夜难眠，那段时间我极度消瘦，一米六的身高，体重还不到八十斤，我每天都感觉快晕倒，但每天总强迫自己站起来，我不知道这种坚强是哪里来的，可能让母亲活下去是我唯一的希望。因为家里无人照料，我既盼望着早点拿到录取通知书，又害怕拿到录取通知书，因为我放不下还在读高一的弟弟，我从未出过远门，更不知道这个世界的方向，那时候家人们所有的精力都在病重的母亲身上，我只能独自前行。临走前几天父亲让我给弟弟和外婆备好米面粮油，他在电话那头鼓励我不要害怕，同时又给我交代了很多的出门事宜："不要随便和人说话。""不要随便吃陌生人给的东西。""学费要藏好。"……后来，我走在了异乡求学的路上，这一走就是四年。

　　在父母的期望中，我和弟弟在大学毕业后都顺利参加了工作，父亲依旧喜欢饮酒，有时候喝到烂醉如泥回家。母亲说："儿女出人头地了，他心里痛快，前几年是委屈，有苦难言。"看着父亲烂醉一摊躺在沙发上，迷迷糊糊说着什么我一句也听不清。父亲大醉之后习惯念叨我的名字，看着他，我有时候会气不打一处来，"二爸"，这声称呼真的很重。

　　就这样，父亲的酒味，让我极其厌烦，以致后来我闻到酒味都会不自觉反胃，酒味总让我想起好多好多。

　　除开酒味，父亲身上还有很多种味道，汗味、苦味、酸味，各种滋味，那是一个老农民的味道，那是一个父亲的味道……

二　婶

"你们两姐弟可以叫我妈，你姐八字只和二爸相克，才让她改口叫二爸，结果连着也叫我二婶了。"母亲一边说着，一边继续手上的针线。我和弟弟经常坐在母亲身边与她唠家常，她会把过去的经历浓缩成一声声感叹。

所谓改口，是我不能直呼父亲为爸，尊称父亲为"二爸"，后来也渐渐称母亲为"二婶"。后来有了弟弟，他原本可以称呼父母为爸妈，因为整日听我二爸二婶地叫，也就跟着叫了。为此母亲常常责备："生了一对孩子，连一声妈都没有争到。"

二婶比父亲小整整一轮，他俩都属马，为了这个年龄，母亲不少与父亲有争吵，也是因为这个数字，父亲总是百般迁就母亲。别人评论是父亲老牛吃嫩草，看着他们平日和气的模样，谁也不敢相信他们年龄相差如此之大。

外公比二爸大八岁，这个尴尬的数字曾是父母爱情的绊脚石。父母是自由恋爱，母亲家里共有四姐妹，她排行老大，不仅人长得标致，也很勤奋能干，还是带领青年共同进步的团支书，当时上门说亲的小伙几乎踏破门槛。谁料，母亲一个都未相中。无意中，母亲结识了父亲，父亲大母亲整整十二岁，更为关键的是，在父母之命媒妁之言缔结婚姻的年代，母亲敢为爱情做义无反顾的斗争。而外婆的抱怨则是："造的孽，找了一个爹。"结婚前夕，母亲偷偷跑到外祖母房间，悄悄问外祖母："卢二哥那人真的靠得住吗？"外祖母说父亲心眼好，老实，是个本分人……那一晚母亲在外祖母房间聊了好久好久。不久之后母亲穿着长衫，头顶红纱与父亲办了喜酒，外公则气倒在床数月。

在粗犷的年代，人们大口喝酒大力干活，男人的臂膀托起太阳，女人的臂膀不仅要环抱孩子，还要操持繁重的家务，除此之外还有很多很多琐碎事。结婚之后，二婶吃了不少苦。外乡人在异乡吃的苦只能消化成一滴滴酸楚的泪。生了我之后，父亲嗜酒如命，娘家人看二婶状况窘迫，拼命劝说她和父亲离婚，舅舅和外婆强拽着二婶走到水打坝大核桃树下，二婶拼命挣脱跑回了家，一把抱起我，眼泪环抱着我们母女。"日子再苦，我要把我的孩子养大成人。"面对二婶倔强的哭诉，外婆无计，只得让她自己做主，并放言："以后你的事，我们绝不沾边，就当没生你这个女儿。"便毅然绝然离开了。

怀上弟弟之后，二婶挺着几个月大的孕肚去地里干活，上山下地，她用女人的身体干出了男人的气力活。就这样，倔强的二婶把日子一点一点攒起来，等待着我和弟弟长大成人。

二婶面子薄，人多的地方她大抵是不去的，谁家置办红白喜事，我家随礼之后，二婶总安排父亲去吃席，父亲硬要让我们一家子去，二婶怕别人笑话，只让父亲一个人去。那时候吃席堪比过年，一群人围着一张桌子，百味都在桌上，想想都忍不住流口水，我执意要跟着父亲吃席，二婶硬拉着不让，讲一大通道理之后，我便作罢。好几次我都是沾爷爷的光赶了席，回来还不忘给弟弟带几把花生和糖。每每这时二婶都会让爷爷管教好我，以免我在人前犯怂让邻里笑话。

因为二婶的执拗和娘家人闹得很不愉快，亲情真的到了互不往来的地步。没有人教她如何做妻子，也没有人教她怎么做妈妈，面对苦楚心酸，二婶都是一个人在孤军奋战。我经常看她一个人偷偷抹眼泪，这个要强的女人，这个自尊心强的女人始终对艰难的日子报以希望。此后，她和父亲一块出体力，共同修建房屋，一同在土地里劳作，二婶的身体渐渐走形，腰肢变得肥硕，没有了婀娜苗条，汗水把脸颊浸得黝黑，双手变得粗糙……

二婶做饭的时候我喜欢坐在灶前帮忙生火，她很熟练地从酸菜缸里捞出酸菜，拧干酸水之后，用刀切成块，待锅心发烫她立即把事先切好的肉块放进锅中翻炒，等油水熬煮出来，即刻把酸菜倒入锅中翻炒，香喷喷的味道扑鼻而来。炒好酸菜，二婶立即往大锅里舀几瓢清水，这时候她会叮嘱我添加柴火，以尽快把锅里的水煮沸。趁着空隙，二婶开始兑吃面的碗，我不喜欢吃化油（猪油），每每这时候就会站起来守着二婶，以免她在我碗里放化油。待水煮沸，她就用瓢把新鲜的开水掺在每个人碗里，这时候趁我不注意，二婶就会偷偷往我的碗里放化油，煮沸的水会立即消融证据。水叶子面（面条的一种）出锅后，我和弟弟依次排在灶前等待二婶把面捞进我们各自碗中，然后把酸菜臊子拨在碗中。为了避免肥肉入碗，我总要仔细叮嘱二婶："我只要酸菜。"二婶瞥我一眼，然后低下头在臊子碗中帮我挑拣肥肉，有时候不耐烦也会让我吃的时候自己注意些，把肥肉剩在碗里。那一刻我总会满脸埋怨，二婶脱口一句"看我给你一顿瓷实"，我便再也不敢闹意见，只好端着自己的面，灰溜溜地坐到板凳上吃。每次吃完面，我都能看见二爸和二婶把我吃剩的面汤喝干净。

小时候，总认为父母也是小孩，以为他们的思维和我们一样，自己所有的行为都会被肯定和表扬。一个暑期，父亲承包了一座危房进行拆迁，二婶带着弟弟去了工地，我除了在家做作业还得给一家人做饭。因为不会使用电饭煲我只能在大锅里煮饭，每次要烧很多柴火，二婶每次出门前都会提前帮我准备好一天的柴火。我很笨，生火就得半个多小时，洗菜、切菜，零零碎碎下来中午饭我至少得在十点钟甚至更早开始准备。

我们家的土灶有两口锅，一口用来烧猪食，一口用来炒菜做饭，因为烧猪食的那口锅直径太大，我的手根本无法拿动锅铲在里面搅拌均匀，于是每到下午，我就提前在小锅里烧猪食，然后分三五次洗锅，跟着便在锅里炒菜做饭……二婶说我茶饭笨拙以后不像是料理家计的人，除了米饭勉强下肚，其余简直不堪入喉。二婶发现锅边残留的玉米面，仔细问我才恍然明白原来他们吃了好几天猪食，我窃笑着，二婶也笑得合不拢嘴。此后我再难做饭，直到现在我的茶饭功夫也很差劲。二婶从来少说我做得好或不好，犯错的时候她很少动手，只让我到堂屋跪着。有时候我跪到膝盖青紫，弓着腰双手撑在地上，痛苦的表情实在难以言语，二婶问我："错了没有?"我回答："错了。"她方才叫我起来。有时候错误犯大了，二婶会拿来独凳，往上面撒上玉米籽，然后让我跪在上面，直到双腿麻木，膝盖疼得站不起来，甚至从板凳上摔下来才作罢。

二婶很少用棍棒来教育我们，我和弟弟每次犯错，都会罚跪，这一"跪"让我们懂得了在平静中思考错误，让我们拥有了沉着参悟道理的本领。事后，二婶会仔细检查我已经青紫的膝盖，一边用淡盐水清洗，一边问我下次还会不会犯同样的错，柔和的目光，仔细打量着我，似是在想什么时候她的女儿才能长成一个大姑娘。

二婶常说她在八九岁时就踩着板凳做饭，蒸馍炒菜样样不在话下，外公也常常夸赞二婶，说二婶未出阁前完全就是家里的顶梁柱。二婶喜欢做女红，我和弟弟穿的布鞋基本出自她手。新布鞋总是很夹脚，记得一年六一儿童节，二婶特意给我做了一双红色布鞋，可能鞋子做得不合脚，我穿上后脚硌得很疼，六一那天游街，我几乎疼得站不起来。一瘸一拐回家后，我开始发疯哭闹，二婶握着鞋子用钉锤前前后后敲了半天，鞋内磨脚的硬布被敲平之后，再穿上鞋子，脚似乎就没有那么疼了。那时，家里没有额外的开支为我和弟弟购买皮鞋，勤劳的二婶总会做许许多多的布鞋来让我和弟弟穿。我们的脚在泥巴地里驰骋，那些要远足的梦，可能起源于母亲一针一线的期望中。

二婶身边几乎没有朋友，她怕是非，怕和不相关的人去计较一些家长里短，所以除了干农活之外她几乎不出门。她经常让我给她梳头、捶背，干完这些之后，她会教我做饭，教我做一些简单的手工，然后自言自语地说："我教你这些做什么，好好读书就是了，这些长大后慢慢学。"虽说这样，二婶还是时不时教我，穿针引线基本缝补我还是会的，二婶要保证我的未来，如果不能出人头地，至少也要自食其力。

母亲的伟大就在这里，她不仅给予孩子生命，更教会了他们立足于这个世界的本事。

岁月累积给了一个女人偌大的病痛，当她拼尽全力还是举不起悲苦的压力时，她就会被灾厄击倒。从 2006 开始，二婶总是很频繁地住院，一次突发急性胰腺炎在阿坝州人民医院抢救了一个多星期，当时情况很危急，医生让家属做最坏的打算，二爸在电话里泣不成声："二婶不得行了，已经抢救了好多次。"几乎从那时候开始，我开始了长达五年的噩梦……

挚爱亲朋，刻在骨子里的名字

夜里我蜷缩在床脚边，臆想在医院里遭难的二婶，全身管子、氧气、输液瓶……我不敢闭眼睛，害怕听到电话铃会带来她死亡的讯息，我抱着二婶的梳子，看着上面缠绕的头发哽咽哭泣。在苦难面前我们是极为坚强的，二婶在医院与死神做斗争，我和弟弟在家打理一切。因为过度担忧医院里的二婶，我疲惫到吃不下饭，一米六的个头体重还不到八十斤。课堂上我尽量集中注意力，强迫自己不去思念二婶，十七岁的年龄居然在困厄面前明晓读书比脆弱重要，理解道理的心思不过就是想通过知识来改变自己的命运，很早我就知道这个道理，那时候可能更坚定了。

晚自习之后，我觉得四肢无力，父母已经去州医院十多天了，听不到关于二婶的半点消息，心中揣测的意外不会真的发生了吧？好在二爸及时打来电话，说二婶现在说不出来话，倔强的二婶还是竭力在电话里呼喊她的孩子，沙哑的声音震颤着我的神经，我双手握着电话，耳朵仔细触摸二婶的声线，那一刻真想冲到她跟前，抱着她大哭一场。如果真有神灵，我愿用等同的生命年轮去换二婶的生命。

读大学的时候，二婶也在医院接受救治，我独自拖着行李箱走上求学的路。因为过度担忧二婶，大学那几年我几乎整夜噩梦，经常梦见二婶去世了，满地纸钱和棺材，亲人们戴着白色孝帽，飞旋的纸灰把天空侵占得天昏地暗……我惊惧着从梦中醒来，全身发抖再也不敢入眠……那几年，我在地狱里。

可能母女心灵感应，我总能感觉到二婶身上的一些事情，后来假期回家，弟弟告诉我二婶出院之后总是到我房间里哭，哽咽着说对不起我，哽咽着大声呼唤我的名字。小学都未毕业的二婶有着与学识不相符的稳当和气度，临到开学时她会准备一盆子瘦肉让我带到学校里，临走时还会煮十个土鸡蛋让我在路上吃，尽管她知道我晕车严重，可能一整天连一滴水也不会喝，她仍执意要把各种零碎装满我的背包。

那时候我骨瘦如柴，为了不让我在钱上为难，二婶总是隔三差五问我钱够不够用。那时候学校外面有打临时工的餐饮店，我告诉二婶自己想去打工的想法，一时间她在电话里抽噎："你这个不争气的娃娃，我就算卖血也不会让你去打工，你的任务就是读书，其余啥子都不要你管。"听到这句话的时候我哭成泪人，我只想为家庭分担一些，毕竟时代在变化，学习之余的一些时间我完全可以利用起来打工。可能二婶担心我过早接触社会，脑袋里装着钱和出人头地的目的，从而误入歧途，吃一些没必要的亏，怕刺激她我未敢再提。

那个年龄，她清楚，她刚二十出头的女儿应该读书，没有比读书更能提高人智慧，或者从根本上彻底改变一个人的命运，二婶要做到的就是彻彻底底改变我的命运。

不负期望，大学毕业的第二个月我顺利考上了教师。我从一座山又跋涉到了另一座山，二婶和弟弟来我教书的中心校看望过一次，她没有多说什么，第二天下午便搭乘顺风车回了家。过了很久，我到学校外的小卖部买醋时碰到了一位学生家长，他突然问我："卢老师，那天那个是你妈妈？"（二婶和弟弟搭乘他的车。）我说是的。"回去的时候你妈妈在车上哭惨了，肯定舍不得你哦。"听到这话，我一下子觉得喉咙酸痛，眼泪不自觉浸满了整个眼眶，没听完那位家长后续的问题便转身跑了……

2016 年，我积累了一些文字，想用书本的形式展现出来，那是我的第一本书。诗集出版之后，二婶专门留了一本放在枕头下，她几乎每天都要阅读很多遍，有些甚至能背出来。二婶连小学都未毕业，她却深深明白要让自己的孩子读书，她和二爸尽全力供养我和弟弟，磨难让二婶掉了多少层皮？她是如何在艰难的处境中求得一线生机的？她又是如何把坎坷岁月锤平的？我几乎知晓全部，又似乎什么也不知道。

　　我站在自己的视角叙述着我的母亲——二婶，我最亲密的称呼。你的女儿长大了，还是不懂事，还是经常被你絮叨，经常被你说教。在流逝的岁月面前，在短暂的光阴面前，你变得日渐苍老，你的孩子，你的女儿，永远也不想长大……

二十岁的婚礼

　　"不能回头看那座房子了，多看一眼都会哭。"我在心里反复嘀咕这句话。有时候人真的会丧失回头看的本事，我真的再也没有回头看坐落在山腰中央的瓦房。太阳笼络光阴的时候，黄昏一下就环抱住了瓦房，一瞬间，竟然觉得天要暗下来了。黑夜就在我头顶，干枯的玉米林忙着举起象征喜悦的灯笼，它们的臂膀根本没有空闲举起夜空之上的星星。黑夜是从天上落下来的重力，我们捧起双手，星星会不会也随重力一道落入我们的手掌心？

　　"这座山，我只想爬一次，这条路，我只想走一回。"当时特别累，脚步在山路上踟蹰前进，或者这句话是在为自己的后退找借口，上山的时候上气不接下气，进退都很为难的时候，最好的慰藉就是避免下一次的覆辙，避免再走这条路。新娘坐在玉米掩映的瓦房中，在瓦房最中央的堂屋里，送亲队伍大口嚼着苹果吃着花生，一颗颗瓜子在客人的嘴巴里嗑得噼啪作响。有交头接耳议论男方家境的，也有评说房屋结构的，有偷偷跑去看新娘的，有大声喧哗交接一场婚事的老人，他用高亢的声线向众人宣告同属于这座大山的喜悦——今天，新娘嫁到了男方家。此刻新娘已经到了男方家，送亲队伍不到二十人，稀稀落落的快乐和热闹还是如宝石般镶嵌在了大山事先预留好的窟窿里，不大不小，刚好是送亲队伍的人数。

新娘二十出头，我总习惯性地把她定义为二十岁，这是一种情感上的年龄，我认同的属于新娘的年纪。

车队缓缓进入大山的时候，翠绿的夏天已经剥落成了深秋的枯黄，每驶过一辆车都会掀起一阵秋风，都会有一股思念钻进车里，数不清落了多少片叶子，只有山路承载着思念盘旋到了新郎的家。

新娘在堂屋旁边的耳房里换衣服，脱下新娘服穿上了一件鲜红色的呢子大衣，那件衣服是我三年前送给新娘的。她是舅舅的女儿，我唯一的舅舅在二十八岁那年殒命，他唯一的血脉在今天结婚，舅舅是看不到的，也是感应不到的。红色大衣有些褶皱，婚礼前几日还专门拿到我们家用蒸汽熨斗熨烫平整，像新的又不是新的。直到今天她穿在身上我才发现，"像"和实质的"是"根本就是两个不同的概念，"新娘是新的，新衣是旧的，日子到底该照旧，所以每一天都不例外"。当然，礼服是崭新的，这点足以宽慰当天喜庆的日子。

我长新娘九岁，并以长姐身份加入送亲队伍，一路上并没有太多感叹，头脑一直又在捕捉关于这场婚礼的种种情绪，言不明又道不出来。

新娘习惯看星星，坐在太阳下的影子，总渴望夜空上的光明，可能她还是个孩子，或许一辈子都是一个孩子。

我仔细观察着新娘的一举一动，她闷着脑袋嗑着瓜子，一颦一笑都依亲人情绪而牵动。她没有羞涩的绯红脸颊，耳朵仔细听着人们摆谈各种婚礼上的细节，时而虚着眼睛，时而交叉手指做思考状。那一刻我甚至觉得新娘对婚姻是麻木的，她不庄重对待每一个细节，让我觉得很儿戏。

看到这一幕，难免回忆起儿时，坐在对面的新娘还是一个两三岁的孩子，从那时开始，她没有了爸爸，也从那时候开始，她同时没有了妈妈。她只有爷爷奶奶与之相依为命，从有意识地辨认开始，爷爷奶奶就是爸爸妈妈。婚礼当天新郎的爸爸妈妈坐在舞台中央，新娘的爷爷奶奶也坐在舞台中央，看到这一幕，眼泪淌满了整个脸颊。

在一杯杯浓烈的喜酒中，在一声声诚挚的祝福中，婚礼圆满完成，亲朋好友们有很多感慨。婚礼当天，新娘被接到了新郎家，我作为送亲队伍中的一员，一边担忧晕车，一边送别新娘，两种心态交织了一整个下午。临走时，哭哭啼啼的道别总让人心生不舍，我很排斥亲人们围着新娘哭泣，便强撑着走出了堂屋，一直到山底，看着半山腰那座瓦房，一瞬间，滋味和情绪同时入驻，人的心房一下子容纳不了那么多，泪夺眶就是一刹那的事。我一向认为自己是人前不露脆弱的人，好强的性格最容易表露本性，哭成泪人的时候，我才明白："假装不在意和热滚滚的眼泪都是内心最痛彻的存在，表面上浮出的都是骗局，我骗了我自己。好在挂念救赎了谎言，而我是最后一个逃离情感荒漠的罪人，至少，我没有躲着众人哭泣，我当着大家的面承认我的在意和不舍。"

新娘嫁了，嫁给了一座山和山上的瓦房。新郎娶了，取了一个叫宁宁的姑娘。

这一切发生在秋风路过的十月！

二姨如烈阳

二姨很严肃，严肃得不近人情，严肃到甚至严苛，有些条件不敢和她讲，有些话不敢和她说。

有人说二姨不好相处，嘴不饶人，做人对事很精明，有时候我也人云亦云那么认为，有时候又恰恰相反，她操持了太多太多，性格要强的二姨从不把苦从嘴里喊出来，她为家庭和生活操碎了心。看着瘦小的二姨，很酸楚，谁在漫长的光阴里体谅她的苦楚？可能谁也不懂，她也不会告诉谁，我们只有在她的表情里去琢磨，在她不多的语言里去猜测。

我还是喜欢二姨强硬的样子，强硬到不能讨价还价，强硬到不论对方是谁都有不会轻易低头的底气，强硬到对磨难竭力嘶喊，强硬到手握成重拳，强硬到把灾难打得跪地求饶……

母亲的几个兄弟姊妹中要数二姨生得最标志，朴素优质的灵魂更是锦上添花，也唯独二姨随了外婆的姓。二姨从小身形纤瘦，头脑聪慧，行动敏捷，所以外公给二姨取绰号为"金丝猴"，以至于小时候我也没大没小"金丝猴、金丝猴"地叫。听到我那样叫二姨会追着我到处跑，即使被她抓到了也从来不会打我，顶多吓唬我两句。

那时候中央一套播放赵雅芝版的《新白娘子传奇》，里面的歌曲大多我能哼上两句，二姨总把我偷偷带到房间里让我扮演白娘子，从身披床单"幻化人形"到断桥遇见许仙，再到使用"仙法"怒打法海。很多时候我一人要分饰好多角色，一会儿我在自言自语是白娘子，一会儿我又莫名发怒在地上打滚，一会儿被压在雷峰塔下，一会儿水漫金山寺。现在回忆自己当时真的很像发神经，在那样的情节里，还真的以为自己就是白娘子，当真就是许仙。有时候二姨兴致来了还在我头上插两根筷子当作白娘子的发髻，同时让我把白色桌布顶在脑袋上，各种扮相像极了白娘子。

那时候外祖母病重，别人以为我在给外祖母戴孝，只要被母亲看到我脑袋上顶着白色桌布准会给我一顿好打。二姨把我抱在怀里安慰，待我哭够了眼泪都还没干就又让我唱《新白娘子传奇》，那时候我也真听话，立马站起来又接着唱，甚至有时候我犯错被母亲罚跪，跪在地上二姨也让我唱，我一把鼻涕一把泪地唱，二姨笑得前仰后合。

小时候二姨总拿我寻开心，相比三姨的温柔，二姨要凌厉许多，几乎一个眼神我就不敢再淘气了。我很怕二姨咬下巴，这预示着她真的生气了甚至快到要打人的地步，每每看到她咬下巴我就已经收敛不少。

我渐渐长大，在外婆外公身边的日子屈指可数，当然和二姨见面的日子更少得可怜。

二姨没有考上中专，初中毕业之后便出去打工了，刚开始在酒店里做服务员，因害羞在餐桌上吃不饱饭，回家后大口吃开水泡饭，不小心打碎酒杯吓得连走路都小心翼翼，与人说话更是谨慎……那时候二姨很胆小，偌大的心怀在市侩面前变得小心翼翼，拘谨只为了更好地保护自己。

五年之后，二姨去了成都，要翻好几十座山好几百座山才能到达。那时候年轻人几乎都选择去大都市看更大的世界，看钢筋水泥浇筑的世界，看天际布满电线的世界，看车水马龙的世界。但那个世界与她是格格不入的，她受了好多委屈，受了好多伤害。亲情在遥远的故乡，谁也安慰不了走投无路的灵魂。

几年后二姨回来了，头发剪短了，脾气变得凌厉了许多，谁的好话她不听，更不随便落他人的好，面对咄咄逼人的嚣张她绝不会退后一步，面对跋扈冷漠的争吵二姨总会充当盾牌。那一刻，我发现，没有人能够伤害到她，没有人能把她击倒，没有人能够侵犯到她。几乎从那时候开始，二姨变得严肃得不近人情，严肃到甚至严苛，有些条件不敢和她讲，有些话不敢和她说，严肃到我甚至认为她是冷漠的。

2013 年，我从雅安辗转到彭州二姨家，因为太疲惫洗完澡便倒头就睡着了，第二天早晨醒来的时候已经接近十一点。怕打扰我睡眠，二姨并未催促我起来吃早饭，待我起床，我看见整个栏杆全部晾晒着我的衣服，从头几天出门到辗转路途一大包脏衣服二姨全部帮我洗了，从里到外、从上到下没有一件落下。那一瞬间我特别惊讶，她似母亲一样体谅着远游孩子的疲惫，那一刻温暖至极。

几个侄女中，二姨最心疼我，记得外公有一句话："谁敢欺负卢燕，我会拿老命去拼。"这话是外公当着几个姨和几个姨夫的面说的，当时我也在场。至此之后，二姨老把这句话挂在嘴边，可能她心里也是那样认为的，所以无论我如何撒娇耍横，她总能满足我的一切要求，永远把我保护在她的羽翼下，并把储存量不多的温柔和好脾气一并给了我。

上班第一年的那个春节我和父亲发生争执，二姨和母亲一直在旁劝说。父亲趁着酒劲不断提高声调，语言由说教变成了攻击，我立马从沙发上站起来与父亲理论，那一刻为了维护自己的尊严我竭力放大声调，可能连续的争吵导致大脑缺氧，我一下子瘫坐在地，声音变得异常沙哑，全身上下瞬间发麻失去知觉……二姨立即用手捂住我的脖子，一边轻声安慰我，一边制止父亲无休止的吵闹。她把我推坐在沙发上，从眼神中我看出了二姨的愤怒和无可奈何，我们的家务事她不好干预，只能尽全力安抚我。那晚，二姨陪着我入眠，我们什么也没说，二姨紧紧握着我的手，她仿似明白一切，又不愿多做解释。

我脾气很倔，同时带着锋芒的刺，二姨不愿意把这些刺拔掉，她是过来人，体谅极度自尊的人需要这些刺来保护自己。父亲呢，更多的是要拔掉我的刺，磨去我的棱角，那样我便无法用犀利的手脚在大地上扎根，相反我只能满地打滚。所以二姨更多时候教会我的是如何面对和抗争，看着她坚定的眼睛，我觉得自己有无限能量。

其实，更多时候别人教我们的是如何做一个优秀的人，活成人上人的模样，活成目中无人的样子，觉得那才是出人头地。而二姨更像是一道凌厉的光，她驱使我做一个勇敢的人，一个有底气面对一切的人，与光有关，如烈阳一般！

父母爱情

　　河谷蜿蜒的小溪边，石头垒砌成房基，一排排青翠的玉米高昂头颅，一座青瓦房矗立在饱满的绿海之中，炽热的阳光洒在劳作者的脸上。1988 年夏天，经人介绍，父亲和母亲相识了……

　　第一眼父亲就看上了秀美的母亲，接连数日，父亲都守在张家门前，只为看一眼心仪的姑娘。

　　第一次见面，母亲嫌父亲长得丑，个儿不高，衣衫不整，肢体动作带着很浓的地痞气息，说话腔调满是不屑。第一眼，母亲没有相中父亲，甚至，她害怕眼前这个男人。

　　父亲开始死缠烂打，外公数落父亲穷，好胜的父亲家底本来不好，拿什么体面的礼物去见他心爱的姑娘呢？于是，父亲把家里的洗脸盆架子洗干净了拿去张家。外公一见气不打一处来："这是穷到哪步田地，洗脸盆架子都拿来送人户。"母亲在一旁笑岔了气，听闻有人上门说亲，平日里要好的姐妹全都聚集在一起，这一看可傻了眼："怎么是个老头？""你做她女儿都可以了。"姑娘们七嘴八舌地议论着，时不时发出一阵哄笑，父亲傻傻坐在一边不知如何是好。

　　父亲长母亲整整一轮，十二岁的差距让外公死活不同意这门亲事。说亲的人磨破嘴皮子，父亲焦急如热锅上的蚂蚁。他想着法地帮着张家人干活，希望以此能打动母亲。除了外祖母和母亲，其余人根本不理睬父亲。父亲老实憨厚的本质在日积月累的相处中渐渐显露出来，母亲开始和父亲说话，他们第一次用语言打开了彼此的心扉。母亲问什么父亲就回答什么，就连以前父亲和一位与他年纪相当的女孩扯过结婚证的事都告诉了母亲，因为女孩嫌弃父亲穷，在扯完结婚证后不久就后悔了，还没来得及办婚礼就硬逼着父亲离了婚。母亲听闻这一切沉默了良久，那晚她住到外祖母那里，把父亲讲与她的话重复给了外祖母，那一夜母亲和外祖母聊到了深夜，蜡烛燃起的火光照亮了一个青涩女孩对爱情的渴望。

张家人都认为眼高的母亲绝对不会看上父亲，就在大伙笃定这个答案的时候，母亲突然和父亲"私奔"了。接连好长一段时间，母亲都杳无音信。张家人召开家族会议，一致认为要先找到卢老二（父亲），才能找到他们的女儿，外公甚至赌咒："抓到卢老二一定要将他打成残废。"于是乎，张家人派出舅舅、二姨到金川县城四处寻找。另一边外公托亲戚在汽车站和马尔康、都江堰等地到处打听他们的下落。

母亲被父亲的孝顺和老实打动，在和外祖母商量后心里的石头终于落了地。"卢二哥这个人老实，一看就是个本分人，跟他过日子不会亏你，不要图人的财，也不要看长相，一辈子待的人，有一口都想到你，就对了。"外祖母的话仿似点醒了母亲，因为外公死活不同意，母亲偷偷和父亲来到了金川县城。担心久待县城会被张家人找到，母亲和父亲又偷偷乘车跑到都江堰、郫县等地。母亲不敢牵父亲的手，她为爱义无反顾，却绝对不会在底线面前做出格的事。母亲没有见过这么大的阵仗，在未认识父亲以前，她连金川县城都没去过。在川流不息的人群中，母亲只能用眼睛死死盯住父亲，生怕一不小心就在繁华的大都市走丢。他俩登上了开往郫县的客车，在郫县待了差不多一个月之后，他们回到都江堰，在父亲亲戚的帮助下顺利辗转到马尔康，这一路像是逃难一样。其间在郫县母亲顾着和父亲说话，不小心走错了路，父亲心急打了母亲一巴掌，母亲泪眼婆娑地望着父亲。在陌生的土地上，被心爱的人打了一巴掌，痛超过了巴掌本身。尽管如此，母亲从未怀疑自己的选择，她相信父亲，相信父亲刻在骨头里的善良和醇厚的灵魂本质。之后漫长的人生中，父亲再未动过母亲一根手指头。

他俩回金川县城不久就被舅舅发现了行踪，舅舅打听到卢家人的住处，并向邻居打听卢二哥平日里的为人。很快外祖母带着二姨和舅舅冲到卢家，誓死要把母亲给带走。"这家人穷得打鬼，没家底子，和这个人过要遭罪，要遭罪啊！"母亲跪地祈求外祖母原谅，舅舅和二姨企图拖走母亲，母亲誓死不离开，就这样，外祖母痛骂不认这个女儿。

父亲和母亲结婚了，婚礼当天母亲穿着长袍，系着花腰带，头顶红纱，娘家人什么也没给她，甚至娘家人一个都没来参加他们的婚礼。婚礼共置办了七十五桌酒席，父亲的亲朋从四面八方赶来，父亲的朋友见父亲娶了这么娇秀的媳妇都很羡慕。从此以后，母亲又多了一个称谓——"卢二嫂"。

嫁给父亲，母亲的确遭了很多罪，养家的男人需要一个壮实的臂膀，顾家的女人心里时刻都拴着她的男人和孩子。母亲没有张牙舞爪的性格，泼辣与她更不沾边，与生活相抗衡的是她的坚韧和持之以恒的坚守。

父亲渐渐把心收敛，把一切回归到家庭，出门找副业，种田地，去工地，父亲连起了与生活相关的一切，日子在忙碌的奔走中慢慢积累下来。

母亲嫁给了爱情，嫁给了爱情筑起的一个家。

父亲娶了爱情，娶了他挚爱一生的伴侣。

这就是我父亲和母亲的爱情！

父亲的下一世

　　父亲经常一个人坐在阳光下，笔直的光线如船篙一般想把父亲渡向光阴的另一边——接近衰老、接近死亡的地方。我知道距那个地方还有短短不到十余年，父亲曾说过，他活不过八十岁，我信以为真。

　　父亲今年六十六，我既希望自己的父亲能长命百岁，又祈盼他能以自己的意志为主心，人是活不够的，所以总奢望有下一世。父亲心不贪："只要能看到儿女有出息，不遭人欺难，这辈子就活踏实了，就心安了。"他的下一世在儿女身上，所以，我们要活得足够完整，才能延续父亲的期望。

　　我总刁难自己的父亲，在他贫瘠的土地上索要一些莫名其妙的风景，却不知道向风借来的云朵总被风吹散，向太阳借来的光总被黄昏覆盖，向雨露借来的梦境终会陨落。父亲还是向天借了高利贷，向着光阴立下的借据字字刻在他心口……

　　父亲十根手指的关节已经严重变形，握筷子的时候显得格外僵硬，甚至手指不能完全剥干净煮鸡蛋的蛋壳。有时候我看父亲连着细碎的壳渣一块吃掉，想要阻止，他已经咀嚼得津津有味。站在儿女的立场上，我不敢有太多说辞，说得过多会让父亲误以为我们在嫌弃，摆在面前的事实也让我不敢越雷池半步，那是父亲，更是亲情，话不合适会伤及彼此。对于父亲，

挚爱亲朋，刻在骨子里的名字

149

我一直小心翼翼。

在外吃宴席或去别家串门吃饭父亲又很体面，很多五花八门的菜品他甚至见都没见过，父亲不会为此去抢食，他慢慢拿起筷子，发抖的手指轻轻夹起菜，缓缓放进嘴里，然后再细嚼慢咽。记得大学刚毕业那一年，我和父亲赶寿宴，一大桌子美食让人垂涎欲滴，当归炖鸡端上桌的时候一桌子人几乎很快就瓜分完了，父亲还丝毫未动筷子。父亲牙齿不好，当归炖鸡软和细腻，我想给父亲"抢"一块放在碗里，或许他看出了我的用意，立即用眼神阻止了我。到今天，我们无论赶什么宴席父亲都会提前告诉我："你吃饭别老看我，我自己有手，想吃什么我自己知道夹。"他明白我默默的关心，他知道比满足口腹之欲更珍贵的是人的体面。

弟弟买了新房，没花家里一分钱。一家人商量如何购置家具的时候，父亲一言不发，他坐在一旁听我们的意见，脸上没有任何表情。弟弟打算交房后让二老住进新房，父亲却冷不丁一句："怕弄脏房间，遭人嫌弃，我要守着自己的老窝。"未能在弟弟买房时添力，父亲心有亏欠，体面人的自尊在现实面前一次次屈服。一个老农民就算倾尽所有，也买不到车水马龙世界里的一扇窗户。他维护尊严的方式被我们误解成古板和不通情理。此时的父亲，有些孤单。

我们很少和父亲主动搭话，父亲也很少和我们交流意见，儿女长大了，翅膀硬了，该有自己的蓝天了。

我们不再聆听父亲粗犷的呼吸，大地里的尘埃却争分夺秒涌向父亲，累积到一定程度的时候，就会隆起一座像土包一样的坟冢。

父亲身体还算硬朗，因为脑萎缩记性大不如从前，经常拿着手机找手机，反复问我们同样的话，反复做同一件事。"我的身体就是一把骨头，早晚这把骨头也会化为尘土。"父亲常常讲这样的话。是啊，被光阴掩盖的一切最终都无法真相大白，没有人能揭开父亲曾历经的苦难和伤痛。

父亲从不在儿女面前诉苦，我只见他在喝醉酒时喃喃自语。对于酒，我们这一大家子人都极为反感，那恰恰是父亲的麻药，要是没有这剂麻药去麻痹父亲，生拉硬割岁月顽疾的时候，父亲不知道痛晕了多少回。一杯粮食酒下肚，他兴许能睡个好觉。

小时候父亲总提着嗓子叫我和弟弟不能做这不能做那，长大后，我们都默默看着父亲的眼睛，什么事能做什么事不能做，他的眼神会传递给我们答案。只是现在他的眼睛有些浑浊了，白内障的信号迅速传递给我们，去了多家医院，病灶还未成熟，不适合手术。也好也不好，看不清这世间的真相，可以少些烦恼，看不清脚下的路，父亲如何与我们去远方？

我长大了，父亲，我是你身体之外衍生的生命，来源于你，又最终不是你。父亲，您是我还未形成生命之前就已经抵达这个世界的光阴。我或许真是你的下一世，像你，又最终不是你。

我们本来的样子，是血缘！

红气球

两只红色气球装在一个透明玻璃罐子里，那是父亲的宝贝。大年三十那天，父亲会将气球吹胀，挂在二楼两根柱子中间，过完十五后取下来，继续放在玻璃罐子里，等到来年春节再拿出来。

平日里我会偷偷打开玻璃罐子，摸一摸里面的气球，玻璃盖子上附着了一层薄薄的灰，我的小手印就在那里留下了证据。气球是父亲在民贸公司买的，在那个并不富裕的时光里，封存在玻璃罐里的红气球储存了一寸美丽的岁月！

我脾气古怪，母亲总说我的性格让世人捉摸不透。"父母生养了我，却一点儿也不了解我。"这句话对于小学都未毕业的母亲来说有些苛刻。如果没有心有灵犀的默契就得反复透支语言去解释，解释每一句话的意思，解释每一件事情的缘由，甚至解释每一个做法、每一个决定……那样太麻烦了。父亲不一样，只要自己认为对的无伤大雅的事情，父亲都会去做，懒得解释，就像红气球一样，没钱买不起灯笼，就买红气球，走远了看，都是圆乎乎红彤彤的，一个样。过年来往我们家的客人几乎也没人看出来，就算看出来了，父亲也镇定自若地一两句话就含糊过去了。谁不想过年图个喜庆，只不过各家能力有限，父亲在窘困中寻找乐子装饰生活，实属不易。

红色气球是父亲对于美好生活的向往，是一种精神寄托。理解他的人会尊重这份倔强的体面，不理解的泼来两句调侃和嘲笑也就过去了。父亲的骨头硬，锄头硬，甚至贫瘠的土地也是硬的，他和他的土地结盟，永远不屈服。

　　后来，有一只红色气球漏了气，奄奄一息的皮囊悬吊在半空，父亲取下来，圆圆滚滚的日子捏在手中，还没有一个拳头大。从此，家里再也没有挂过气球，取而代之的是一对红灯笼。

　　现在，我很难用清晰的回忆描摹父亲当时吹气球的喜悦，大概是两腮鼓起劲，嘴巴用力吹，气球就成了生机勃勃的新年，我和弟弟就在每一寸重叠的年岁里长大。

　　不必每一个细节都历历在目，只要想起往事的时候，有一些颜色在那里跳动，那段岁月就没有被辜负。小时候不懂事，不知道日子艰难，总会莫名其妙戳破父母的期望。"长大了你想做什么？""我想做木匠。"父亲但笑不语。"这个没出息的娃娃！"母亲的责骂让我瞬间明白自己说错了话。其实那时候，我真的想做一个木匠。

　　中考那一年，父亲偷偷跟在我身后；高考那一年，父亲又偷偷跟在我身后；大学父亲到校看望我，我让父亲在寝室楼下等我，我可怜的父亲足足找了半个多小时才找到寝室大楼。临走的时候父亲为了多给我几十块钱，让我提前在公路边等他，结果我和父亲还是错过了见面的机会，那一路，父亲哭成了泪人。

　　话不投机的时候，我和父亲会发生非常严重的争执，我无休止地糟践父亲贫瘠的过往，各种尖锐的语言刺向他，父亲气得半天说不出来话。母亲在一旁劝说，父亲狠狠地举起手，又克制自己放了回去。我步步紧逼，父亲的耳光终于落在我脸上。瞬间，我痛哭不止，父亲的脸颊也老泪纵横……事后好长

挚爱亲朋，刻在骨子里的名字

153

一段时间，我都不会和父亲再说一句话。

当时我如一匹失控的野马，愤怒的心情敲碎了我的理智和对父亲的尊重，很多道理随着年纪的增长在慢慢明白。一次父亲去成都看病，与母亲打电话的时候，我无意中听到了这样一句话："她以后也要当妈，等她当了妈就懂了。""你最心疼大女子了，她怎么样说你，你都向着她。"听到这儿，我默不作声回到房间，那一瞬间，我觉得自己犯了五雷轰顶的大罪，我伤害了我的父亲，这是不可饶恕的事实。

后来他与母亲的对话，我不敢再听下去了，父亲的原谅来得太快，我还没有道歉他就包容了所有。我蒙着被子大哭：对不起，父亲！

现如今，自己也到了而立之年，甚至比而立之年还显得要厚重一些，但在关于父亲的回忆里，争吵、哭泣都如这红色气球的颜色一样，愤怒又热烈，向阳又美好。

只是一只封存在了玻璃罐子里，一只封存在了我的记忆中！

几世修德换我今生父爱如山

几世翻转，一声啼哭我成了你怀抱中温柔的生命。前世积攒的福德修来了与你今生的父女血缘。从此，我成了你玛尼堆前幸福的呢喃。

那一夜，你跪求我前程的声声祷福穿透黑暗的迷茫盘旋在耳际。许是神明感动于这份赤诚，便以强大的力量穿透于心驱散幽暗。那一瞬间，挂上祈佑祥乐的经幡，繁杂的思绪里多了你一丝慈祥的微笑。那一次，背上离乡的行囊你停驻每一个脚步回头张望，任由泪水沾湿衣襟……祈佑的神明可知我是多想留在你温暖的臂膀。

这一次你垂危入院，在你即逝的生命前，我跪求天地神明，愿自己来分担这灾难。跋山涉水虔诚祈祷的脚步里全是我为延续你生命做的不屈努力。这一瞬间，紧握你双手，你身体的温度仍旧温暖我整个生命。这一夜，我在你生命的节奏里欢快跳动，我在努力实现你玛尼堆前的祈祷。

弥留的瞬间，微弱呼吸里颤动着不舍的节奏。你闭上眸倾力呼吸只为力竭地最后再一次为儿祈祷呢喃。静默祷福的箴言带走了你最后一丝气息。你平静地合上了观览五彩玛尼的眸……我用力呼吸，为你逝去的生命延续力量。眼泪夺眶，晶莹的泪珠滚动在悲恸的双颊。

挚爱亲朋，刻在骨子里的名字

　　你满脸微笑慈祥迎接我到人世，庇佑我生命的成长。我却在这一刻用泪水诀别你到另一个世界。假如，真有翻转轮回之说，我修了几世善德换来你父爱如山。今生，我努力虔心修德换来世你的平安健乐，那时，我依然是你幸福的呢喃。

家公家婆

这对冤家争了一辈子，吵了一辈子，打了一辈子，家公和家婆都属鸡，可能这种属相的人都嘴不饶人，两人吵吵闹闹一辈子，最后谁也没有赢过谁。

家公常说："属鸡的人得自己刨食，爪子不动就要饿死。"他劳累了一辈子，劳心了一辈子，是个苦命的人。那个年代，其实谁都是苦命的，家公是个看不惯的人，看不惯就要自己做，亲自操劳才踏实。灶台上看不顺眼，家公也会亲自动手，所以家公能蒸一手好馒头，一大家子人也喜欢吃他蒸的馒头。

家公为人热心，操自己家的心不说还要操劳别人家的事，经常连带家婆受牵连，所以家婆经常发牢骚，时不时家里就会大吵甚至大打出手。家公讲一个理，家婆争个是非对错，家公的嘴哪里能说过家婆，一着急就会扇一巴掌给家婆。前阵子，七十多岁的家婆和家公因为口角吵起来，家公顺手给了家婆一巴掌。家婆给母亲告状的时候还有些害羞，知道自己嘴硬招的打，自然不好意思多说。母亲没有明劝，只建议家婆多忍嘴，我躲在一旁窃笑，见我如此家婆更加不好意思了。

人一老真的就像老小孩，今天吃了什么饭，干了什么事，见了哪些朋友，什么地方花了什么钱，家公几乎每天都会给他的三个女儿汇报。母亲是老大，离娘屋有三十多公里，二姨和三姨在彭州，离家婆家公有三四百公里，舅舅在一次意外中命丧黄泉，他和家婆家公的距离就是天人永隔了。我长这么大以来只看见家公掉过一次眼泪，就是在舅舅出事那年春节。我们一大家子去拜年，一见我们家公就泣不成声了，自此以后，我再未看见家公掉过一滴眼泪。家婆在舅舅祭日的时候抱着舅舅的坟哭泣，唯一的儿子深埋在泥土里，眼窝里的眼泪打湿了家婆的衣衫，深邃的眼眸里已经再也装不下岁月的风霜了。家婆和家公怎样在眼泪里打滚？怎样在夜深人静的时候呼喊舅舅名字？两位老人是怎样熬过那些日子的？我连想也不敢想。

家公有一个绰号叫"参谋"，是因为家公喜欢掺和别人的事情，热心帮助别人，舅舅就给他取了这个绰号，刚开始只敢背着家公偷偷叫，后来才慢慢扩散开来，以至于街坊邻居都叫家公"参谋"。舅舅和三姨背着偷画"参谋"的画像，家公那时候恰好回家，正撞见这一幕，舅舅正说道："再画一顶盘盘帽，就是参谋了。"舅舅口中的"参谋"就是家公。家公一听气不打一处来，顺手举起柴棒就向舅舅和三姨打去，最后还倒挂金钩吊起来打。从此，家里面再没有人敢当面称呼家公为"参谋"。那时候，只有人死了，才会有单独的画像，舅舅和三姨的做法无疑是在诅咒家公。还是孩童的舅舅和三姨心思简单，哪里懂得诅咒，只不过挨一顿打之后，抽咽了好半天，之后再也不敢给家公取绰号了。

家婆习惯唠叨，大事小事都习惯唠叨，加之表述方法不对，难免让人听得烦躁。这时候会有人用语言掸家婆，善良本分的家婆哪听得出别人的话中话，有时候被讽刺了还在一旁拍手叫好，人云亦云也是家婆经常犯的毛病。善良淳朴的性格不容她去计较和多想社会的套路，把想说的话说明白，把想表达的态度表达清楚，这就是家婆，不会藏着掖着，不会筹谋算计。

我们总说家婆和家公吃了一辈子亏，吃的亏大部分都是嘴巴招来的事，别人话一软，家公和家婆几乎什么条件都能接受。每年七八月份，在盛夏格外炙热的时节中，我们站在阳光中采摘花椒，麻爽的味道在阳光中弥散开，大人们一边闲聊家长里短，一边忙着劳作，间或听到家婆一声"喔嚯"，就知道她被花椒刺扎了。花椒刺扎伤后，并没有锥心的痛，麻酥酥的感觉顺着血液蔓延，一点点侵占着神经，仿佛有一千只虫子在伤口跳动，被扎的次数多了人就变得麻木了。是劳作让人变得麻木，还是机械的重复让人失去了体谅生活的触觉，我们不得而知。

　　家婆和家公总把享福两个字挂在嘴边，现如今到古稀之年，仍然自给自足，自食其力这个词被他们解释得淋漓尽致。每每看到他们的脚步在岁月里颠簸蹒跚时忍不住心疼，我们有什么办法来留住光阴，留住他们日渐苍老的脸颊？我想在光阴面前我们是无能为力的，但我们都还义无反顾，这是规律，我们无从选择，只能一往无前。

　　大人在跟孩子闲聊家常的时候就证明孩子长大了，眼前的孩子已经差不多能理解大人苦心的时候，大人就开始给他灌输生活的苦难，告诉他过去的岁月是如何艰难。

　　可能是经常听他们摆谈的缘故，我在年幼的时候很懂事，青年的时候又多了些沉稳。这种懂事和沉稳是大人们赋予我的，很小的时候大人们就把我当成了大人，很小的时候童年的我就有了大人的模样。

　　舅舅离开后的每个年岁，冰冷都未能放过家婆和家公，冬天照常来，当然，人们嘘寒问暖的语言也少不了。前几年，家婆逢人还摆谈一下舅舅离开对她的打击，日子越长，说过的话也成了回忆，回忆成了回忆的一部分。现如今，家婆已不常提到舅舅了，按她的话："人都要走那一步，再想念，也活不

挚爱亲朋，刻在骨子里的名字

过来。"

　　我们忙着工作和打理自己零散的时间，少有时间能够陪伴家婆家公，他们的子女各自安家，各自的儿女又忙着寻找自己的家。恋爱的恋爱，结婚的结婚，从最初的家婆家公到四世同堂一大家子人，时间啊，繁衍生息着除我们之外却又血脉相连的生命。站在白发苍苍的尽头里，张望蹒跚学步的孩童，生命到底还是那个周而复始的圆。

莉莉安

这辈子我可能再也遇不到她了，想到这就让人难过至极。关于莉莉安，时间永远在去年七月和今年一月之间徘徊，去年七月我听过她的名字，今年一月我们才第一次谋面。

那天早晨我在酒店里腹痛难忍，疼痛反复让身体不断渗透出汗，我仿佛不能站起来。我尽可能在忍耐，按照往常的习惯，两个小时之内这种疼痛就会慢慢缓解甚至停止，我要做的就是咬紧牙关坚持。蹲着，趴着，靠在床边，剧烈的疼痛已经快覆盖我的意识了。止痛药就在床对面的桌子上，我好几次拿起又放下，甚至，保温杯里的开水都被我咽下好几口，药始终没有入喉。我想吃，又不敢吃，怕每次依靠药物得到暂时缓解，下一次我会更加依赖止痛药，那样是万万不行的。实在到了忍受不了的地步，我盯着止痛药使劲压着肚子，整个人瘫坐在地，眼泪大颗大颗滚落。这一刻，我在心里埋怨为什么妈妈把我生成了女人。

我拿起手机看当下的时间，11 点 14 分，最多不会超过两个小时，我甚至一分一秒数着时间。

12 点 23 分的时候，听见有人敲门，我跟跟跄跄走向门口。开门之前我稍加整理了自己的头发和狼狈的表情，尽管很痛，我还是保持微笑开了房门。她们一行二人，莉莉安站在前

挚爱亲朋，刻在骨子里的名字

161

面微笑着与我打招呼。我邀请她们了进房间，寒暄了一阵，而后我靠墙站立，那一刻很想蹲下。我们聊着细碎的话题，剧烈的疼痛在和理智做着斗争，我一边忍受疼痛，一边要在思维逻辑里安排好每一句话的出场顺序，仔细听她的每一句话，也要认真回答我们所讨论的每一个问题的答案，这是该有的礼貌和尊重。

"我快控制不住自己的表情了，狰狞的痛在吞噬我的语言。"我在心里不断暗示自己，而后大口喘了一口气，借口说自己喜欢蹲，顺势蹲了下去，一瞬间如释重负。

莉莉安发现了这一点，提醒我按自己觉得舒适的姿势来缓解，心照不宣的默契真是难得，我们在房间里待了差不多一个小时，直到痛完全消失。中途我们谈论了一些话题，被她理解之后，我的重心全在如何缓解疼痛上，本末倒置的回答以及那些不着边际的对话，好像全部被她体谅了。

我在那两个多小时的时间里去地狱走了一圈，或者好几圈。形容有点夸张，完全是我对痛的包容度不够，容忍这种与生俱来的痛楚在身体里肆虐的同时还要笑着迎接走进我生命的客人，就像打开门迎接莉莉安的那一刻，我挺能装的。

当时，我甚至没有仔细去揣摩莉莉安，现在回想，莉莉安敲门的节奏和我很像，我的习惯是敲两下，或者，先轻轻地连续敲两下，然后停顿一秒再敲一下，她基本也是如此。她戴了一顶淡粉色的帽子，和我差不多大小形状的眼镜（她平时不戴眼镜），高矮胖瘦我们几乎相差无几，或者我太瘦，她更匀称一些。

那天她给我讲述了在她认知范围中自我理解到的一些"哲学"，在别人看来很不可理解，我还是听完了，并向她询问了形成这些认知的具体思路和压缩情绪的过程。我觉得自己很虚伪，明明不认同别人的观点，却还要假惺惺向别人讨要思维成果。我又觉得自己其实很诚实，在询问建议的过程中，也适当在表达看法和小心表述我的观点以及批评她略有偏颇的狭隘。比起面对面的争论，我更喜欢心平气和地磨合，因为那些看似荒谬的认知在自己变得荒唐的时候真的很受用。不得不承认，我有时候很荒唐，所以莉莉安的"哲学"很有用。

"日子只等花鸟虫鱼，岁月只陪徐风缓缓，我不养猫猫狗狗，又想背风流浪，是不是我此生的日子无法变得缓慢？"莉莉安并没有回答我的问题。

莉莉安养花、养猫又养狗，她那只猫叫"棉花"，整天抱在怀里揉捏。只要猫狗碰着我一下，我要搓洗好半天，我不排斥，也喜欢不起来。

天暗下来之后，我们一行人在热闹的夜市闲逛，我喜欢璀璨烟火和滚烫灯海缔造的夜，像跳入无边星河，悬崖和海浪、蝴蝶与翅膀都在夜的笼罩下聚集成一颗金黄色的星球，只有夜和白昼碰撞这一天才会被一条笔直的光阴之路打碎，这样才会缔造新的完整的二十四小时。

当海岸线和天际线平铺成路时，我所有的热爱才能毫无怨言地去奔赴。那时候，我会波澜不惊地捧起我的时间、我的星海、我的月牙以及我所热爱的人们，可能天地太大了，人们的热望总不能被一一选中。

人与人之间真的很奇怪，我和莉莉安在一起，总是特别空旷，和其他人偶尔小肚鸡肠，偶尔暴跳如雷，偶尔豁达，偶尔忧伤，偶尔像个疯子，偶尔是个傻子……我在想你们还能把我变成什么？

十点之后，莉莉安走了，她的猫猫狗狗饿了，我的夜也饿了。我们必须要道别，我没有她的联系方式，可能我找另一个人开口，就能找到她，我了解我自己，我不会开口，所以，莉莉安，我真的找不到你了。知道你在犀浦，尽管我在那里转站好多次，依旧对再次遇见你报以渺茫的数字计算，我见过的世面真的不足以同与你相遇的那几个钟头相比。

与你，我看到的是山河无限！

莉莉安，我去了我们散步的西街，和你，我们只走了一遍。这次，我独自走了好多遍，今年雨水特别多，好不容易遇到一个没有下雨的夜晚，西街的灯也亮着，遇到维修路又不通。罢了，莉莉安，和你的路，下次，我再走走，最好是冬天，街灯亮起的时候。

写完与你的记忆，忽而觉得手指好酸，明明是用脚走的路。才过了一个春夏，脑袋就好想你，我累了，想眯一会，闭上眼只会更想你，莉莉安！

那声呼喊，从这个世界陨落

　　舅舅去世已有十五载，他的面容已在我渐长的年岁里模糊，清晰的只有那一张张褪色的照片，把他永远定格在那些瞬间。我想深深记住与他相关的一切，但回忆里总有那曝尸荒野、面目全非的恐怖影像。我又不愿去记忆，怕夜深突袭的悲凉将自己浸湿，也怕翻滚的心痛窒息自己。

　　一直不敢去触碰关于舅舅的文字。关于他我一再去回忆，又一再强迫自己去忘记，反复挣扎，他就愈加深刻地活在我的记忆中……

一

　　"咋个这么几天了，还没有回来，不会出啥子事吧？"家婆的话让家公眉头紧蹙，他不断抖落手中的卷烟灰，空气中的烟雾在这一刻变得凝重。家公长长叹了口气，火盆里的柴火不断剥落白色的灰烬，连同那声长叹一起飘浮在空中，然后慢冗冗地落在头发、肩膀和每个人的脸上……

　　"小宝（舅舅的乳名）从来没有这样，都进沟（独脚沟）四天了，干脆喊上阿伯他们去找。"家婆不断重复这句话，家公一言不发，突然把手中的烟头丢进了火盆，起身径直朝大门外走去……不一会儿，大伯、二伯、四爸、幺爸连同所有的弟兄姊妹都聚集到了一起，十几个人在堂屋商量，大家你一言我一语分析独脚沟的情况。在大山里长大的老一辈第一次对大山这样陌生，只有家婆站在人群之外的墙角抹眼泪，一种不祥的预感让所有人紧促。

二

家中的猪毫无缘由地死在了圈里，那是头一年舅舅亲自从安宁送来的。每年宰杀年猪前，舅舅都会物色来年的幼猪给我们。我总是在那个时候盼他来，盼他来讲"背沙罐"的故事，情深处他的语言会颤抖，几乎哽咽的声音混合着惊悚的情节，我因害怕而尖叫，他的表情便越发夸张，我居然相信故事里的妖怪就在板凳下面，惊叫着抓住他的衣襟，母亲冲过来怒骂我们是神经病……他该是演说家，或是极具表演天赋的艺术家，尽管舅舅初中都没毕业。

这些都是稍长之后的记忆，现在琢磨，那些纯粹是他自己臆想出来的，但他每次都会延续那个故事，故事也永远没有结局。

舅舅经常说我是母亲在医院旁边的垃圾桶里捡来的；或是被大河水冲到河滩，家婆捡回家送给了母亲；抑或是别人送来的……各种版本。以至于我小时候一被母亲责骂就哭着让舅舅带我去找"亲生"父母，那时舅舅总是乐得不成样子。

七八月份采摘花椒，因为天气炎热，我们把棕毯铺在地面。炭厂沟的昼夜温差大，舅舅硬不让我睡地下，怕寒气进了身子将来关节痛，他把面柜上的杂物收拾开，专门铺上床褥。

舅舅打开录音机，我就在面柜上和他一起哼唱，只要他声调一高我就会露出头和他一同把高音唱上去。有时我故意站在面柜上，伸手去摸头顶的灯泡，周围光影晃动，舅舅怕我触电，一再央求我下来，那时候叫他做任何事他都会同意。无论我胡闹到如何地步，他都不会发火。

家婆一直认为小女娃要戴银手镯（只能戴一只），给自己打扮，直到结婚方能戴一对，才算圆满。别家闺女都有走马圈（一种银质手镯，可随年龄增长而收放），我却什么也没有，每每看到我光秃秃的手杆，家婆对父亲的一番说辞就难免。幼小的我经常会在大人们的争吵中把双手缩进裤包，眼泪不自觉顺着脸颊滑落。看到我这样，舅舅会立马带我出去，以逃离那难堪的悲哀。

一天，舅舅用钳子剪断了钩挂腊肉的铁丝，使劲搓擦洗净，然后小心地圈在我的左手，用钳子拧紧。从此，家婆仿佛明白了什么，不再提有关手镯的任何事，我也不再藏掖双手。一根铁丝，在窘困生活中为我撑开了一丝缝隙，让我免受生境挤压，于我幼小的心灵是莫大的安慰。

三

成群的乌鸦在头顶飞旋，舅舅蜷缩在一处崖壁下面，后脑勺有一道深深的伤疤，前额突兀变形，面颊青黑，死死贴在地面，口鼻中流出的浓血已经干涸成硬结，双肩前后错位，身体扭捏成一团……我不该用这样狰狞的文字写舅舅，烙在生命里的痛恐怕一生都无法结痂愈合。

舅舅被白布包裹安放在炭厂沟的瓦厂里，僵硬的身体无论如何搬动都无法还原。家婆伤心欲绝几度昏死，亲人们撕心裂肺的恸哭和扑地号喊的悲痛至今难忘。母亲赶到时舅舅后脑勺流了一股鲜红的血液，脸颊泛出红晕，僵硬的身体慢慢变软，父亲立马把舅舅错位的肩膀扳平，在场的每一人都在为这一幕惊叹唏嘘。母亲取下银戒指放在舅舅口中，然后瘫坐在地。

　　头上的孝帽，像是溪流碰撞石壁泛出的白色泡沫，一朵朵、一团团开在我们头顶，一阵阵鞭炮声让我们从惊惧中清醒过来……按照当地规矩，死去的人必须穿长衫"寿衣"下葬，这样才能完整地走完下一世。除了丧葬酒席的费用，我们当时已经没有多余的钱再为舅舅缝制长衫，只给舅舅穿了一套别人送的旧西装。母亲见舅舅没穿袜子就连夜和父亲到安宁十字街买了一双袜子和一双布鞋，总共不到十元，这是力所能及或已倾尽全力的母亲此刻唯一能做的。一支又一支香烛、一张又一张纸钱在冰冷的夜里燃烧，舅舅枕着一捆纸钱，戴着一顶孝帽，躺在棺材里。唉，我可怜的舅舅！短西装、单布鞋，下一世你会不会还是命途短暂，窘寒酸楚？唉，我这不争气的眼泪……

四

　　舅舅全名张兴泽，一九九九年去世时才二十八岁。后来我经常梦见他，除了回忆里所见到的恐惧景象，梦里他从来都是衣衫整洁，面容白净，不是砍柴就是背石头，或是坐在老堂屋烤火嬉笑……他从没有以恐怖的面容出现过。我也时常在担心，怕我亲眼见到的恐惧景象会出现在梦里，但从来没有，梦中见到的舅舅依然给予我的是美好。这泪啊，已然是不自觉……

　　我有了属于自己的手镯，买那天，店家老板建议我戴在右手，右手比较灵活。突然想到舅舅，想到那根铁丝，我依然怀念那份情感，"戴左手吧"，我脱口而出。

朋友生日，她舅舅送来礼物，看着他们亲昵而快乐地交谈，我借口上厕所抹了一把泪。通往嘎达山的美景要经过舅舅出事的那片悬崖，刚一进沟（独脚沟）就已泪湿……人说不能过多地思念已故之人，会扰了亡灵，但舅舅，情感怎容我去忘记。

五

那一天（冬月廿十三），我坐在水泥石板上晒太阳，一反常态地充满哀愁，莫名感伤着生命的消匿，头脑里全是关于生和死的思考，一团黑沉沉的压迫感在身体周围，弥久散不开。那时我才十岁，与年龄不相符的思考让自己感觉恐怖，但又无法阻止它在我头脑里蔓延。现在，我才明白，那是你生命逝去后血脉相连的感知！不一会儿，我就听到你逝去的噩耗……

人到三十

我对年龄没有特别的概念，一岁牙牙学语，三岁蹒跚走步，七岁背起书包上学堂，十二轻缓活泼，十八亭亭独立……算着算着这组数字居然三十岁了，有些不可思议，更让人惊慌失措。除了一组数字，我还有什么呢？

除了一份体面的工作，我没有额外再延展一些爱好，我几乎把全部精力都给了这份体面。有人说："你还在坚持写作。"是也非也，文字已融入我的生命，或者已经成为我生命中的一种本能，那就无所谓坚持了，坚持这个词太执着，太累人，总有一些语言是嘴巴无法表达的，我只是把它转化成文字，所以还是把文字称之为一种本能，那样轻松多了。

父母都是老实巴交的农民，他们手中的锄头并没有能力去刨开挡在面前的大山，他们只能站在大山的脊梁上种植庄稼，早晨背着太阳上山，夜晚背着月亮下山，短暂的光阴在一颗太阳和一枚月牙之间流转。时间仿佛注定是一个重叠的圆圈，我很不懂事，不明白父母想借光阴把我和弟弟养育成人，直到今天我才知道，借了光阴的人，会用青春和心血去偿还，父母额头的皱纹和掉落的牙齿就是代价。

我的生命没有任何捷径，三十年，我的骨骼始终未能长成丰盈的羽翼，想飞的梦一直盘旋心底，脚却始终离不开忠厚的土地。可能牵绊我的是家和年迈的父母，那一排瓦房和宽敞的院坝，容纳了所有驰骋的童年，飞翔的梦，也诞生于斯。所以，我不舍，也舍不得。

三十岁，我学会了感知，预感所有的相遇都有结果，有的能陪伴终老，有的半途而废，有的相遇又分别，有的此生再难重逢，我注定是其中的一种。那么我会相逢哪些人，又会与谁擦肩呢？

我在零零碎碎的事情面前发飙，也在形形色色的人事之间徘徊，在过程中哭也在过程中笑，偶尔感慨时间荒凉，便独自一人坐着发呆。后来发呆的次数越来越频繁，我脑袋里到底在想什么？似乎有答案，似乎又没有答案。到底在孤独中沉淀还是沉沦？我只敢说，有那么一瞬间我思索到了自己。我在人群中找，在思维交错的时空中找，在高楼林立的城市找，在清幽闲淡的乡间找，始终未有一段完整的思维能抚平我的情绪。感恩那些孤独的日子，感恩那些自己和自己较劲、自己和自己挣扎的日子，让我终能在孤独中沉下心思考，也终于在日渐增加的年岁面前变得沉稳。要知道，三十岁，需要这些。

渐渐发觉，三十岁的人在人群中更多是一个倾听者，在三三两两的交际中她才是那个健谈者。周围的朋友变得越来越少，我的圈子单纯得只有同事和闺密。泛泛而谈的友谊终于在不太频繁的交往中戛然而止，我们体面地看待相聚分离。三十岁，我喜欢不复杂的人情来往，随心随性，合适招呼两三好友，这样，愉快多了。

这个时代，三十岁仍然年轻。各种保养和养生掩盖了原本的年岁，岁月忽略了每个人的脸还是缜密的眼睛躲过了岁月，不得而知。反正那些与年龄挂钩的心态还会露出马脚，我是一个笨拙的隐匿者，不仅脸上的细纹出卖了我，开口闭口之间的语言也隐藏不住三十岁这个年龄。

以前喜欢追着梦跑，现在总是奔着家归。三十这个数字让我有了强烈的归属感，我在圆圈勾勒的年轮中，渐渐懂得了守护。相依为命的亲情是那么那么重要，我的疲惫、我的失落、我的惆怅、我的压抑都有家来帮我安抚。在那个仅有四口人居住的屋子里，有着如太阳般温暖的亲情，所以，无论世事多么艰难，后盾若是一颗太阳，我就有走遍万水千山的底气。

三十岁喜欢和过去对比，心态却平和了许多。得到了什么，栽了多少跟头，明白了什么道理，习惯在回忆中总结，不再恍恍惚惚，却又踌躇不前。懂得把话咽在肚子里，把疼装在心里，不再为办不到的事情沮丧，不再为无效的社交浪费光阴，不再为不着边际的理想四处奔波，不再为不值得的人事浪费态度……这就是我，三十岁的人。

三十岁，我的三十岁从今天开始，还在犹豫什么呢？这组数字不容我选择，它来了，这样悄无声息地来了，我的生命至此又添了一圈成熟的年轮。

仁慈的母亲，您是伫立世间的菩萨

　　母亲的头发已经白了一半，可能与基因遗传有关，外婆在她这个岁数的时候头发也是如此。我知道，母亲的白发大多数来自操劳。

　　外婆祖系丹巴，在一个叫巴底的山谷里生活，起先，外婆连一句汉语都不会，在与外来的交往中，在不同民俗的融合中，外婆渐渐有了对汉语的认知和记忆，而后认识外公，而后生养了我的母亲。

　　母亲的童年记忆在巴底和安宁之间，往来距离不超过六十公里。在不宽广的地域上，母亲每天与河畔、高山、羊群做着对话，手里握着皮鞭，眼里望着蓝天和云朵，这样的童年虽然奔腾自由，但却是孤独的，真心疼我的母亲。

　　母亲是无边岁月的先行者，走在我之前，为儿女探路的人老得很快，我和母亲相差二十三岁，二十三岁中间隔着一个女儿，隔着二十三个春秋，这是我们无法跨越的时间屏障。想到这，就会联想到我和我的孩子，我都三十多了，我与我的孩子已经隔着三十多圈年轮了，每过一天，这种距离都在不断拉长，时间，真是不等人。

　　女人天生具有做母亲的权利，也天生具有悲悯万物的慈悲，而母亲，是仁慈的菩萨。

我生病的时候母亲要跪地向天祷告、远行他乡的时候她要祈佑我平安，遇到困境的时候她第一个冲在前面、一蹶不振的时候她苦心鼓励。殊不知，她自己就是神。母亲用无边慈爱护佑着她的孩子，母亲的女儿，也就是我，以后可能也会成为另一个孩子的神。谢谢您，我的母亲，启迪了我骨子里的仁爱！

在我眼里，母亲是一个端庄贤惠的妈妈。在我心里，她是具有淑德品质的生活家。

母亲从不娇惯儿女，她爱我的方式是辅助自己的女儿一直成长，她的成全是让孩子自己发掘潜能，从来不是我要怎么样，她就放纵我去那么做，然后再以母亲的名义收拾残局。所以，我的成长是中规中矩的，但也是自由自在的。

当然，我也挨过母亲的打，教训完之后，她直接让我面对墙跪着，直到自己心甘情愿认错方才能起来。我嘴硬，膝盖跪紫，也不会有半句求饶，后来母亲抓来一大把玉米撒在板凳上让我跪在上面，膝盖钻心地疼，我趴在板凳上痛哭，嘴依然不求饶。而后母亲拴上围裙，开始在厨房灶前忙碌。我难过得像只淋了雨的小鸡崽，又瘦，又委屈。现在回想，罚跪不是母亲教育我的奇招，是因为生活太忙碌了，母亲惩罚我的方式才变成了罚跪，她哪有时间来打我，哪有工夫来骂我，生活样样琐碎，她得挨个打理。我呢，在罚跪的过程中真正思考着："我做错了什么？为什么我要跪？膝盖好痛！"母亲无意中让我学会了沉静地思考，我在面对墙的时候想了好多好多。

我并没有遗传到母亲的温柔和谦逊，我反而是男孩子性格，母亲并不刻意更正我是女人这种认知，只要事情不过格，我完全可以去尝试。我在很早的时候就认可自己是一个独立的生命个体，性别不是界限，而是一种生理区分和道德分寸。男人、女人都是一种存在，只要你能行，就大胆去尝试。

"自己要的东西，自己去挣，你敢伸手问别人要，我打断你的腿。""人都有短处，骨气不能少，不能被人看轻。"

这是母亲给予我为人处世的忠告。所以，我不会平白无故享用别人的一分一毫，也不敢盯着别人的东西幻想有一天属于我。我知道，我要的，可以自己买，可以自己挣。我的骄傲可能就来自这里，骨气撑起来的体面，真的不容易被撼动。

"别人背后议论我，非议我，怎么办？"

"会有人说你是非，别人会听，但我保证没有人会相信，你的人品，相处的人一目了然。"

"就算说你是非的人诋毁了你，听是非的人照样还是在尊重你，这个就是答案。"

这是小学都未毕业的母亲与我的对话。谢谢您，母亲，让我一直做着端庄的姑娘，让我走到哪儿都挺直了腰杆！

我的菩萨，母亲！但愿您的女儿也会如您一般启迪她的孩子，把仁慈和善良的智慧授予她的孩子！

三姨似皎月

因为重感冒住了院，喉咙痛到说不出半个字，间或的咳嗽把空气震裂，每走一步我都觉得格外痛苦。

医生诊断过后申请了一系列检查，验血、做 CT、做彩超、做心电……我在极大的痛苦中呻吟，每吞咽一口口水，喉咙几乎都如被撕裂一般，细瘦的身体迈着蹒跚的步子在医院里上下穿梭，口罩遮盖了大半个脸颊，不仔细看还以为我是一个小老太太。

做完 CT 我立即到一楼去抽血然后紧接着又到二楼心电室去做心电，来来回回我的体力已经严重不支了。在等心电的时候，三姨急急忙忙又拿来了彩超申请单。看她忙碌的样子，我一下怀疑自己是不是得了大病，为什么上下一通如此缜密地检查。我突然在冷空气中打了一个寒战，一时间有些排斥去彩超室。

等待彩超的过程中，三姨给我倒了一杯温水，她叮嘱我要反复喝水，才能呈现清晰的影像。前几天外公住院，三姨专程从四百多公里外的彭州赶回金川照顾，怎料外公住院不到一周我又因重感冒住院。做完各项检查，母亲把我带回住院部，三姨立马赶来询问各项检查结果，她焦急地忙前跑后安排我的住院事宜。因为三姨同时在医院照顾外公，母亲便乘间隙回家去收拾我住院期间需要的生活用品，其间把我委托给了三姨照顾。

可能彩超时喝太多水，躺在病床上我总想上厕所，手上的吊针又不允许我乱动，我只能请三姨帮忙提着吊瓶很小心地去厕所。我反复上了好多次，每次上完厕所手都有不同程度的回血，三姨见我表情痛苦直接拿来尿盆让我在床上解决。我有些不好意思，毕竟三姨是长辈，当着她的面我怎么好意思如厕呢。我难为情地拒绝着，她一直温柔劝说，并一再安抚我。输液期间我体质很弱，怕我摔着她一只手握着尿盆，一只手扶着我，好几次我几乎全部尿到了她手上。那一刻我觉得自己很羞愧，孱弱的身体无力支撑自己的行动，三姨成了我一切行动的拐杖，内心既是自责又是满满的不安，我的良心不允许我那样，生病的身体又不得不那样。所以，那几天在医院对我的身心都是一种煎熬。

主治医生来查房的时候说我太瘦了，一再叮嘱我要多吃肉，一听医生这样说，三姨立马皱起了眉头，随后医生把三姨叫到办公室签了一系列责任书，叮嘱三姨要注意我饮食的营养。我躺在床上有气无力，因为嗓子疼，实在说不出半个字，能用手比画的我尽量用手，能用眼神交流的就尽量用眼神，好在三姨都能明白，这可能就是血缘亲情之间的默契。

外公在另一间病房输液，三姨不得不两头跑，外公说他年岁大了不打紧，非让三姨过来守着我。七十多岁的外公用倔强守护着我，三姨只能左右两边跑。输完液，三姨开始张罗饭菜，怕不对我口味，怕我吃不好，又要兼顾营养，她每天要奔波好几趟。母亲从家里炖好了猪肉拿到医院，三姨在我的碗里盛了满满一大碗瘦肉，并一再向母亲交代要注意我的营养。

晚上三姨帮我擦澡洗漱，看着瘦弱的我，她心疼得一直叮嘱我要多吃，不管是水果还是饭菜，她都叫我最大限度地吃。

挚爱亲朋，刻在骨子里的名字

　　三姨大我十一岁，因为神韵相似，很多人都说三姨像我的姐姐。三姨以前是专业练篮球的，一米七多的身高，清瘦的脸庞是我对三姨年轻时的印象。她总在太阳下奔跑，挥汗如雨的日子里，她的身影在赛场上穿梭，常听三姨回忆她在县中队训练的日子，那些有趣的经历，那些值得回忆与铭记的岁月。一转眼她都四十多岁了，做了妈妈，也做了外婆。她没有按照自己的爱好去有意选择生活，而是随着生活的节拍雅致地过好自己的日子。

　　三姨很讲究穿着，穿衣打扮也很时尚，高挑的身形衬得起每一件时髦的衣服。有时候我很羡慕她，有时候我希望自己是她，女孩眼中的女孩总是格外漂亮。

　　小时候我寄养在外婆家，三姨每天换着法地为我梳辫子，冬瓜辫、哪吒鬏、四股辫，各种各样，偶尔也会撕下红对联让我蘸上口水涂抹口红，和三姨在一起的日子启蒙了我对于美丽最原始的向往。

　　那个年代一切都是青涩的，谁家办喜酒开晚会，二姨和三姨就会偷偷穿上高跟鞋去参加，外公发现后先是一通臭骂，而后大怒亲自掰断鞋跟。美丽的梦在艰涩的年代破碎，那时候，大人们绝对不允许自家女儿踮着脚去夜里玩耍，那是大忌，谁也不能犯。谁知道三姨捧着断裂的鞋子哭了好几回，一切都发生在夜里，就连眼泪也悄无声息。

　　后来三姨出嫁了，我不知道她的婚礼在什么地方举行，也不知她嫁到了哪里，外公说很远很远，难得回来一次时，我给她讲外祖母的事，她会抱着我哭上好久。后来三姨有了孩子，有了繁杂的家务，有了为生活拼命的倔强，有了为生计奔波的劳苦，有了一切的一切……

　　住院的那几天，我和三姨交流了很多，她给了我很多妥善缓解问题的办法，我暂时还无法一一去解决，等待时间沉淀，那些问题、那些结自然就烟消云散了，按三姨的话："一切都是时间的问题，我们本没有对错。"瞬间，我轻松了好多。

三姨坐在病床边，一会儿看看吊瓶，一会儿帮我裹严被子，一会儿看着窗户发呆，一会盯着手机微笑。她的外孙女还没满月，手机相册里存储了好多小孙女的照片，三姨总是放大照片，仔细用手触摸屏幕，细腻的微笑把慈祥的爱填充在了每一寸思念里。

可能太累了，一大早上三姨就趴在我的病床边睡着了。时间哪去了？在疲惫的梦里和牵挂里，在过去的回忆里和未来的憧憬里，时间被挤得满满的！

守候五爸

　　刚把一大撂衣服堆在洗衣机旁，突然母亲冲到我跟前："医生怀疑老五得了癌症，明早内科和外科要会诊，喉咙上长的硬包压迫了主气管，他都说不出话了。"不是重感冒吗？不是肺炎吗？怎么会是癌症？仅在一句话之间，眼泪已经遍布脸颊了，我明显感觉眼泪滑过的地方，有一阵刺痛，大脑一阵眩晕，而后我抽泣到无法正常呼吸。

　　母亲口中的老五，是父亲的五弟，辈分上我叫他五爸。他是五保户，一生没有婚配，也没有半个儿女，每次生病住院都由父亲和养老院的老人们轮换照顾他。印象中，只要一见到父亲，他就像孩子一样在病床上抽噎，这次依然如此。我立即去了医院，一路上我极力控制自己的情绪，家人交代："不能让老五晓得自己的病。"我把这句话牢牢攥在手心。

　　我不愿别人知道我在医院，当车子缓缓进入医院时，我拿事先准备好的口罩遮住了大半个脸，雾气冲上眼镜，眼前的世界一片模糊。踏进住院部心就怦怦直跳，我原以为五爸住在普通病房，七回八转之后，来到一条黝黑的走廊，昏暗的灯光笼罩着恐怖的气氛，每个毛孔都在发怵。我想快些走过这个地方，突然，母亲指着走廊拐角处的一间病房："老五就在那里。"我没有应答，径直走了进去。

推门而入的一刻，我笑盈盈地喊了声五爸，在一个垂危病人面前，我的笑很牵强。他正输着液，看到我后，使劲扭过脑袋（本来侧身面对墙），用沙哑的声音说道："卢燕，你来啦。"我的声音在喉咙里哽咽，便"嗯"了一声。他今年只有五十九岁，半月不见已经瘦得皮包骨了。因为肿瘤压迫声带，他不能发出声音，泪水从痛苦的眼神里溢出，不一会儿脸颊和嘴唇就变得青紫。

他安静地躺在病床上，除了微弱的呼吸和间或的咳嗽，病房安静得落一根针都能听见。在医院，这样的宁静极为恐怖。因为五爸不能说话，我便坐在病床边，刺鼻的药水味弥漫在周围，我取下口罩，轻轻伏在他耳边，问他想吃些什么，他干裂的嘴唇在蠕动，我却听不到一点声音。

眼泪在眼眶中打颤，生怕不小心就夺眶而出，我故意背过身倒开水，顺势擦干了眼泪，这股泪堵得喉咙酸痛，待擦干，才觉得缓过一口气。

从中午开始，五爸就滴水未进，病榻上的老人像个瘦弱的孩子，无论我在病房里做什么他都扭过脑袋仔细看着。

站在生命的垭口，往前一步是更高的山峰，往后却是万丈深渊，如果时间倒流，该发生的依然会发生，我一直祈祷五爸能创造奇迹。

护士进来为五爸量体温，因为右手输着液，仅靠左手五爸无法将衣服扣子解开，我立马站起身帮他解开衣扣将温度计放在了腋窝。从领口我看到五爸从里到外衣服穿得很干净，每颗扣子都扣得很整齐，虽然在医院，他把自己收拾得很体面。

我的神经极度敏感，有一丁点儿担忧都会彻夜失眠。在医院我反而平静了，或许是因为见到重病的五爸心里变得踏实了。看着他，我不用胡思乱想各种伤感的场景，更不用预感死亡。

挚爱亲朋，刻在骨子里的名字

我不敢和他有过多的对话，便让他"眨眼睛"，尽管这样他还是会摇摇脑袋，有时甚至会艰难地说个"不"。我执意让五爸吃些流食，他使劲挥动左手，泪在眼角溢出，痛苦的神情仿佛在央求。"不吃食物，身体没有消耗的东西，胃受不了。"我用自己的道理劝说，哪怕吞咽一口水五爸都要承受巨大的疼痛，维持生命和忍受剧痛之间他必须艰难地选择生命。

我闭口不言，转身戴上口罩去外面的饭馆为五爸买稀饭。正值三月，空气中还有微弱的寒意，此时天蒙蒙黑，医院周边的饭馆基本已经关门，河风肆无忌惮地割在身上，零星的雨珠打在镜框上，我双手交叉抱在胸口，眼睛仔细打量周围还亮着灯的餐馆，我想端口热食给五爸，尽管被河风吹得直流眼泪，也一直没有放弃。

沿着沐林滨河路往下走，没有一家餐馆还在营业，在冷风的扫荡下我全身都在发抖，无论如何蜷缩，冷风还是直戳胸膛，看天色，一场春雨将在暮色中不期而至。

人们在风雨中赶路，有的为了抵达，有的努力出发，我是暮色中寻食的路人，没有人知道我将抵达的地方。我取下手上的橡皮筋，把凌乱的头发扎起来，不知不觉竟到了养老院门口。隔着铁门，大院内昏暗的灯光铺洒在水泥地上，几个老人踩着灯光在一旁散步，看到我之后便一起朝我走来，他们知道我是五爸的侄女。有一位爷爷，五爸一直叫他"哑巴"，隔着铁门他不断比画双手，我知道他在关心五爸的情况，其余老人也异口同声问起，我取下口罩安慰他们别担心，病情不严重，过两天就回来了。哑巴爷爷用手指着自己的喉咙，然后双手合起比了一个圆圈，再把这个圆圈放在颈部。我知道，他想告诉我五爸的病情，我鼻子一酸立马戴上口罩。临走时，哑巴爷爷向我竖起大拇指，一瞬间，我感到无比伤心……

走了一大圈都没有找到餐馆，却在临近医院的一个小巷里闻到了炒菜的味道，疾步走过去，果然是一家饭馆。我急忙问老板还有没有稀饭，一中年妇女没好气地说"我们这里从来不卖稀饭"，从口气中我听出了不耐烦，她手中的锅铲正翻炒着蒜薹，目光紧紧盯住眼前的炒锅。此刻，外面餐桌上坐了三个客人，像是医院的医生，不约而同地，他们把目光都聚到了我身上。我有点不知所措，为了让五爸吃上饭我再一次询问是否有清淡的汤菜，老板方才抬起头看我。这时突然进来一个拴围裙的中年男人，看样子像是送外卖回来。他问我吃什么，我回答说稀饭。他仔细看了看我，突然对里面的女人说："你从电饭煲里弄点干饭，把白菜切碎，给妹儿煮个烫饭。"听到这句话，一股温暖涌上心头，说实话，我当时心里七上八下，已经不抱希望了。

我坐在最后排的椅子上等待，那女人动作娴熟地洗了几片白菜，用手一拧，把青色的叶片放在案板上，用刀剁碎，因刚才用腊肉炒了蒜薹，煮饭前她还特意用开水洗了锅。因为戴着口罩，他们两夫妻仔细打量着我，男的说好像在哪里见过我，又实在记不起来。我也在头脑里搜索，大概都是缘吧。或者，我因为长得像某个人而受到了这份特殊的待遇。

临走时，他们两夫妻说什么也不要钱。"只是举手之劳，少耍个空子就做了，不耽误事。"女人还贴心地问我有没有勺子，我回答没有，她立即从抽屉里拿出了一个铝制的勺子给我。我硬塞给她十元钱，看我执拗不过，她找了我五元。此时天已黑尽，男主人专门送我出了巷子，我抱着滚烫的饭消失在他们的视线中，这个夜晚经历的感动和温暖将我从冰凉的恐惧和无助的孤独中解救出来。再次回到医院，我对生命又多了一份敬畏。

我把烫饭打开放在病床边的桌子上，母亲没有多问我耽搁了近一个钟头的原因，她晓得，情感很脆弱的我，指不定是躲

挚爱亲朋，刻在骨子里的名字

到哪个地方大哭了一场。待到烫饭晾温热了，准备喂五爸时，我才简单解释了这碗饭及勺子的来由。我故意说得漫不经心，五爸歪着脑袋笑了半声，沙哑的声音像是绑着沙袋，不到半秒便陨落。母亲眼眶有些泛红，我晓得话到这里便不能再说了。

如预料的一样，五爸每吞咽一口五官都扭曲到变形，那种痛苦我不忍直视，但又必须强制他吃，生命在简单的食物中顽强挣扎，我只能狠下心让他吃，尽管我的内心承受着相同甚至翻倍的折磨。吃了一半的时候，他央求我不能再吃了，从衰弱的眼神中，我妥协了，他从床上坐立起来，气色比之前好了很多。也许是疼痛唤醒了病弱的神经，又或者经历过最痛的，之后才能重生，我情愿相信第二者。

穿白衣的医生、戴口罩的护士、呼吸机、抢救室……当天晚上我做了一场噩梦，身体抽搐着被吓醒。那一晚我从凌晨两点坐到凌晨五点，我不敢闭眼睛，就这样一直等待着天明。

第二天下班后，我又急匆匆赶到医院，五爸正在电炉旁烤火，进去的时候门嘎吱一响把他吓了一跳，他惊惧的动作像个落水的孩子挣扎着想要上岸。今天他很听话，下午吃了一个玉米馍，喝了一杯温开水。我坐在一旁的竹椅上，他开始呢喃一些我听不太清楚的语言："都没看到你结婚，就要走了，你对我好，五爸一辈子都记得。我死后就埋在大核桃树底下，墓碑上只刻你们两姐弟的名字。"空荡荡的病房里只有我和五爸，突然听到这些话，我有些害怕。"我晓得自己寿元到头了，就是遗憾没有看到你结婚，自己岁数也不小了，要尽快把家安了。"说着一股眼泪从他的脸颊滑落，急促的呼吸弥漫在整个房间，我立马站起身轻拍他的背，他使劲张大嘴力所能及地均匀呼吸。此刻，他说什么我都点头答应。就这样，我们叔侄俩在病房里哭了一下午。

以为医院全是细菌和病毒，却不曾想到，这里最干净简单。它还原每个人最真实的情感，哭是因为感动和伤心，笑是因为欢乐和奇迹。医院绝不仅仅是生命的起点，我们也在这里离别和默哀。

但愿，我们都不要哭，祈祷五爸在最干净简单的地方创造奇迹。

我坐在竹椅上很疲惫，电炉的温度烤在脸上，刚刚抹过泪的脸颊无比刺痛。五爸已经睡着了，他的小腿只有自己胳膊一般粗，蓝色被子掩盖着身体。我突然想起了坟冢，眼泪再一次涌出。我感觉眼皮很重，不知不觉就在竹椅上睡着了，待到护士来查房，一看时间居然睡了一个小时，肚子饿得咕咕直叫。此时天又黑了，安顿好五爸，我重新戴上口罩，径直去了昨天那对善良夫妻开的小餐馆……

雯

　　"我觉得自己得了很严重的病，从彻夜失眠到食不知味，最近又开始莫名头晕呕吐，一个人待着，耳边突然冲入尖锐的声音，心脏感觉快炸了。"

　　雯说这话的时候，眼睛不断眨巴，表情反倒平静，我脱掉鞋子盘坐在沙发上。"后天就要走了，拉我来就说这些?"我故意说得漫不经心，她抱起靠枕望着我，眼神有些木讷。我没有看她的眼睛，我是不敢看的，雯的眼神有一种特别的穿透力，加之她喝了些酒，迷离的眼神仿似一个酒鬼。

　　"你在故乡，我在他乡，一群人的月亮落在路灯里，一个人的月亮落在孤独里。"（这是我之前写的。）说罢她长长叹了口气。听到这样的话，莫名有些感动，她竟然能背我写的文字，同时又为文字中影射的孤独而心疼她。我赶忙到她身边把头枕在她肩上，我知道，这个饱含深情的女人舍不得走，她害怕三百公里外热闹的成都，那座她拼过、哭过、迷恋过的城市。

　　两年前，雯离婚了，和那个生活了三年多的男人离婚的时候她什么也没要，大家都说她傻。男人家境不宽裕能给的或许只有自由，庆幸他们没有孩子，所以，走的时候雯很洒脱。

　　她独自到西安旅行了一圈（我之前告诉她西安是个特别

的地方，千年风尘足够掩埋所有失落），而后又去了稻城亚丁。家人朋友都担心她下落的时候，两个多月后的某一天，我接到雯的电话，她说自己开车回家的时候，经过我们单位，会用喇叭按我名字的节拍"呼叫我"，这是她行事的风格，不一会儿，我就听到了刺耳的喇叭声……

那晚她喝了几小杯白酒，突然盯着我说："卢燕，你不会反感我吧?""反感，特别反感。"听我这样说，她抱着枕头哭得一塌糊涂，我连忙拍着她的背宽慰，发现她背上全是骨头，两个多月的时间里她承受了什么我不得而知，那一刻，很心疼她。

离婚后雯没有撕心裂肺，也没有怨天尤人。"缘尽了，两人互不亏欠，没有恩，也没有仇，就是过不下去了。"她说得云淡风轻。

后来听别人议论，是因为男人嗜酒打牌，不务正业，家里经常弄得鸡飞狗跳，事情闹开之后老人婆跪着求雯不要离婚，雯哭着离家几次，男人找到雯，几番吵闹之后，最后心平气和离了婚……以情牵手，最后因情放手，两人似乎都深明大义，知道不为过去的光阴声讨，而是努力做好迎接另一种生活的准备。这一点许多人做不到。

这次雯回来正值《前任3》热映，她约我去看。我心里是有顾忌的，看网上观影出来的人群，有哭天喊地哽咽晕倒的，我怕雯也有这种反应。她买好票在影院门口等我。电影不可能精确命中每个人，雯没有哭，也没有闹。"靠山，山倒。靠水，水干。最后连自己都靠不住，自己可以的话，别结婚了，你看，我就是下场……"雯说这话的时候像是得了失心疯，我恨不得给她一记耳光，明明那么痛了，明明已经放手了，还把拳头挥向自己、伤心给自己的人真的很无能。她早已不是我认识的雯了。

离婚两年多雯都没有打算再组合家庭，家里人催她趁年轻

挚爱亲朋，刻在骨子里的名字

再找一个，雯的母亲也经常给我做工作，让我劝雯。她把一肚子苦倒给我，老人的担忧让人心疼，怕年龄大了不好生养、怕别人说闲话、怕女儿一个人在外受苦连分担的人都没有……六十多岁的老人为雯操碎了心。雯很孝顺，安排的相亲都去了，却没有一个入心，最后老母亲下通牒：必须把婚姻"问题"解决了。雯在一旁苦笑，孤独的眼睛望着天，哪朵云能留在她的心里？

相亲对象不断声明自己对另一半的各种要求："离过婚，有孩子吗？""方便说一下什么原因离的婚吗？""你月收入多少？""做什么工作？""你离过婚，以后再婚会不会还是很洒脱又离？"各种问题，各种奇葩，当听到雯离过婚时，大部分的相亲者都觉得自己有绝对的优势或者说叫优先选择权，也有不乐意的当面就说没搞清楚女方的情况，当面拒绝，高傲的眼睛和质问的口气让人很不舒服。

雯礼貌地回答着各种问题，她没有生气，反而笑着调侃。"以后这些鬼地方少带我来，你缺根筋吧，王八蛤蟆你都看，什么样的人你都见？骂回去，捧回去，还回去……"我情绪激动地对雯嚷着。"我早就骂够了，带你来也是让你把把关，我怕遇人不淑，又吃亏。"她说完这句话，我眼泪就下来了。雯从来不对我吼，无论我做错事说错话，从小到大，她一直袒护着我。平日嚣张跋扈的她在岁月的打磨下像换了一个人，她的骄傲，到哪里去了？

下午雯做饭，我闻不得油烟便一直坐在客厅，不一会儿就端出四五道菜肴。在艰涩的年代，体力是支撑家庭生计的保障，那时，我很崇拜雯，她能将大半个背篓装满玉米一口气背上房背，能在烈日下每天摘七八斤花椒，还能在发大水的时候和大人们一起去河边捞柴，更能在修房的时候来回背一大包水泥，日子在她手上永远停不下来。

大人们都夸雯有气力、有条理。一天我们在玉米林如厕时我看见雯便血（淡血水）了，惊恐的叫声把雯吓了一跳，她急忙提起裤子，脸色瞬时变得苍白，我看见她嘴角在发抖，然后我俩蹲在地上仔细盯着已经渗入泥巴里的尿液，她带着哭腔让我不要告诉大人，之后每次上厕所我都跟着她，接连几天她都在便血。雯听大人说消灾避难就要到庙里磕头，她把作业本撕碎代替纸钱，拉上我去了土地庙，她眯着眼睛双手合十虔诚祈祷，额头磕得咚咚作响，我在一旁放哨怕来往的人看见了回去告状。她说："给菩萨通别（祈祷）后，明早上就会好。"那天下午，雯心情超好，接连吃了好几个馒头。第二天一大早她就叫醒我，小声说："还有血。"菩萨仿似没有保佑雯，她伏在床上哭成泪人。孩子的秘密会表露在脸上，而后就会从嘴巴里吐露出来，我越想越害怕，阿祖做饭的时候便假装坐在灶前生火，趁机告诉了阿祖……二十几年过去了，只记得阿祖当时立马喊来雯让她如厕，阿祖用手接住尿仔细看仔细闻，后来，雯去了成都好久都没回来，听大人说她得了很严重的肾病。

　　雯比我大两岁，大学毕业后便去闯荡了，她很喜欢唱歌，参加过一些比赛最后无疾而终，现在只能在 KTV，或者逢年过节、酒宴婚娶的时候大展歌喉。现在，她边挣钱，边四处远游，活成了我憧憬的样子。三年前，我以她为原型写了一些文字，漂泊的心一直无处安放，写的时候满眼都是泪花，也许真正孤独的是我们彼此，我们把心都安放在了别处，又与当下一刀两断，悬在空中的生命时刻都渴望抵达。

　　雯计划着去黄河，去赏月牙泉然后在星空下留宿，在沙漠里陪伴月亮，那一直也是我的愿望。

　　雯走了，到站后我给她留言："我们平凡又简单，为了远方和抵达，珍重，我的姑娘。"

　　"我的姑娘，这个称呼，是对我最好的宽慰。"雯回。

挚爱亲朋，刻在骨子里的名字

新娘的婚礼

在悄无声息的岁月里,她长大了,不是穿成熟的衣服,踩几厘米高的高跟鞋,也不是满脸化上浓艳的妆容,这种成长是:她即将结婚了。

从两个月前接到婚讯到参加婚礼,我一直不太相信,一场人生大事,会让一个二十出头的女孩披上婚纱,像公主一样走进婚姻殿堂。

攀在姊妹中排行老三,按文章的一贯要求,这时候应该回忆她小时候发生的一些趣事。但回忆似乎太冗长了,有些细枝末节未必都能被文字描述到位,所以,键盘上的字母不自觉朝着最近的光阴蔓延。

"姐,哪个给我梳头喃?是不是你?"

"要结了婚的梳。"

我回答得有些漫不经心,攀认真看着我,稚嫩的眼神表明她并没有看出我的心事。

"你想清楚了,要结婚?"

"除了害怕生娃娃,结婚其实没什么的。"

我笑着应允道:"我也怕。"

"姐,你想吗?两家人结合成一家人,逢年过节凑一桌也热闹。"

我并未作声，攀很成熟地向我解析了她对婚姻的理解和对未来生活的规划。在一个二十出头的女孩眼里，婚姻就是一场义无反顾的奔赴，与金钱、权力、房子、车子等无关。看她天真的样子，我真不忍心把嘴里现实的考虑讲与她听，还是作罢。每个人对于婚姻的思考不一样，即使我比她年长，也未必就能知晓其真谛。

　　在懵懂之年选择一场爱情，并以婚姻的名义让两人守候在一起，不多加思考未来风雨，未尝不是一件好事。历经人情，什么都明白了的时候再来思考婚姻，很多东西就不纯粹了，这一点我不如攀。

　　当天，妹夫文一直陪伴着亲戚朋友，第一次见他是一年前，攀通过微信发来了他的照片并打出这样一排文字："姐，以你的眼光看一下这个男孩如何？"那时候我就知道，这个女孩已经喜欢上了这个小伙子，打探是为了让自己的心更踏实一些。我记不清当时的回答了，总之，半年之后，文来了金川，一年之后就准备喝他们的喜酒。

　　文安静地坐在沙发上，他腼腆而羞涩，无论我们做什么他都鞍前马后跟着，这种成熟显然已经超越了他实际的年龄。他和攀坐在一起的时候很有分寸，不会像热恋中的人一样你侬我侬，走在大街上他和攀也只是并肩，连手也不会碰一下，并不是家门封建，这个男孩会考虑周围人，会换位体谅周围人。

　　我们几个年轻人坐在一起，攀突然发问："文子，你最怕哪个？是不是姐？"

　　文的脸一下变得绯红，他给攀使了一个眼色，仿似在说："当着面你怎么这样问？明摆着得罪人。"

　　攀不断追问，我抬头看了一眼文，眼神对碰的瞬间文一下转过脑袋盯着电视："不是怕姐，就觉得姐有点凶。"

　　说完这句话，我顿时觉得这个妹夫老实得可爱，就不能换个词说我和你们有代沟？待到大家笑过之后，文更是羞得半天没有说话。后来，我和攀在一起聊到文，攀一口就承认是文的老实打动了他。是的，他有一万个句子可以说好话，却偏偏冒着得罪人的风险说了一句大实话，不过我相信这个男孩一定会在岁月的淬炼中变得更加聪慧和稳健。

第二天便是攀的婚礼，前一晚她的闺密和朋友们陆续赶来，年轻人来来回回在房间穿梭。我想，应该给他们一些时间，青春很快就不会再嬉笑打闹，很多时候，我们都强作镇定，极不情愿在渐长的年岁面前显得冒冒失失，其实骨子里的疯癫一直根深蒂固。

我陪同几个年长的老人去散步，繁闹的都市让人眼花缭乱，他们一会儿看看这儿一会儿摸摸那儿，所有的话题基本都围绕："妹儿在姐姐前头结婚了，你这个当姐的要加油了。""待到喝卢燕的喜酒，我们怕是走不动了。"……说罢还扳着手指算今年要结婚的亲戚。在伟大的定律面前我很羞愧，未能在适当的年龄走进婚姻，没能为家庭再添人丁，实在是我的过失。但承认错误并不代表我就非得急于去认识一个人，然后莽撞地走进一场婚姻。

过去，生活给了我一大把绝望和狼狈，我尽全力在平复记忆中的坎坷，冷峻的理智一直在为现实考虑，心被圈禁着人就无处安放情感。我就是这样的人，所以，我该羡慕攀。

攀结婚了，她站在台子中央美丽极了。一场仪式过后，你成了我的妻子，我成了你的丈夫。从此，攀，真的不是一个人了。

转瞬风景，
去跋涉遥远的路

背着行囊里的光

行走是为了遇见远处

踩着泥巴铺平的大地

有轮廓、有褶皱的地方

就一定有美丽的风景……

高原上的光

　　我在阳光充沛的高原长大，慷慨的土地和久远的蓝天哺育了我的生命，天地之间，我以笔直的姿态生长。我从小生活在县城，并未经历高原变幻莫测又神秘高贵的风霜，所以，在我生命的某一处，这是极大的遗憾。长大之后，我带着这种遗憾去了更远的地方，再没有宽广的胸怀能够容纳一匹野马的驰骋，而我，正是那匹野马，一往无前的日子，从来不知道回头。

　　再后来，我的行囊里生长了许多的疼痛和风雨，我这匹野马，再也找不到流浪的帐篷安家……

　　婷是我从小一块儿长大的闺密，我俩都不是娇弱的女人，这一点让我们在很多方面一拍即合，就算有冲突，我们都会立即以拥抱和互撑的方式结束尴尬，而后心平气和重新商量，之后都主动退一步。这个习惯延续了十多年，早已形成了默契。

　　我们商量着去一些地方，阿坝州的地图上，有些地方名字很奇怪，但足以吸引人们去涉足。我和婷一边商量一边出发，好似没有目的，却处处都能容身。一路上，两人蓬头垢面，相互打趣又相互调侃，一起看连绵的山，一起看奔涌的浪花，一起听清晨的鸟鸣，一起吵闹，一起发疯。

　　我一直觉得光阴是有重量的，或者，光阴是一道养料，撒在天地之间，让万物生长。

　　一路上走走停停，人在疲惫中忘记烦劳。婷是这样，我

转瞬风景，去跋涉遥远的路

195

也是。

　　我喜欢高原上干净炽烈的阳光，大地的心脏隐匿在无限空旷的草场里，它张开怀抱迎接每一缕阳光。青草的气息扑鼻而来，汽车缓缓驶进光阴里，驶进阳光编织的岁月里，许多故事的缘由开始发生，我们重叠在流逝的光阴里，细碎如尘埃的光源不到百年，这让我更加有了拥抱阳光的强烈冲动，那些光，来自亿万年之外的时空，好漫长，又好深邃。

　　站在高原的怀抱里，大地的运作把它雕刻成一望无际的模样，隆起的山峦连绵起伏，它护佑着一条路，从开始到远方，一座座山挺拔又坚韧地连在一起，为光阴保驾护航，为远去的人们保驾护航。

　　与苍穹对视的雪峰夜以继日守望着苍穹，天际无边，谁能把天空的秘密凝望？可能满含深情的眼睛和习惯仰望的头颅才能洞察。在高原，四季的棱角不太分明，流转的时间并不会割裂人们的思绪，只要你把心给了它，高原之上的山川一定能让你义无反顾。

　　记得一位朋友说过这样一句话："既然萍水相逢，就别用理由去解释什么是注定，内心既无平静，就不要念念不忘，执着于当下的人，其实可悲。"我从不给缘分乱戴帽子，遇见是必然的话，分别也是注定，每个人存在的方式只是短暂的遇见，时间久了自然就看开了。但愿在这里，在高原之上，我能伸手接住光阴恩赐的温暖，与一切遇见道珍重，与一切守望同仰望。

　　我分明有一双悲悯的眼睛，总认为我们还会回到原先的状态里，做自己世界的孤独者，别人可以和你有交集，只愿这样的交流能充实认知。我很庆幸，抱着感恩与仁厚的心去面对遥远的路，陌生的问候、熟悉的语言必然以后还能遇到，只是，在不同人们的眼睛和微笑里……

红叶染醉 "新江南"

又是一年秋意浓，蜿蜒的大渡河拥抱着金川，古老的藏寨矗立在斑斓的秋色里，一幅天然画卷在金川这片厚土上展开。在金川，无论河坝、山坡，到处都栽种着梨树，雪梨林景观浑然天成，万亩梨海是再贴切不过的比喻。这个时节，古树红叶，开始在季节里摇曳身姿，最末梢的已经红透，远远望去，像新娘的盖头，一丝轻柔的风掠过，才能看清她火红的眉梢，娇羞的眼眸大约是河畔的一抹倒影，荡漾得全是惊艳的红。

清晨，炊烟升腾成了遥远的云雾，金黄的云彩在天际翻滚，天与地仿佛没有尽头。拨开云雾，大渡河畔的孩子在这时闯入梦幻，分不清哪里是人间，哪里是仙境。在橙、黄、墨、绿的掩映下，田野边的梨树撞击着各种颜色，一片片田地、一座座高山、一条条蜿蜒的河流，都被"一抹红"包裹，像身着红棉袄的幼孩，在山谷的梦幻里，轻哼着秋风吹奏的摇篮曲。突兀的颜色，把玉米地里的秸秆镶成了金边，乡间小路也被铺成金红的云彩，屋顶的瓦片伏在夕阳的余晖下，房背上的玉米是一场金色的收获，它们都在等待一抹光影，以留住这火红的季节。

红，是秋天最惊奇的颜色，在临近枯黄的时节，它极尽所有热烈，在靠近寒冷的边缘，它摇曳身姿，把季节染得通红。

在金川这片大地上生活着古东女后裔，他们传承着嘉绒人的智慧，勤劳和淳善的血液一直在他们的身体里流淌，像枝头绚丽的叶儿，在流动的岁月里把祖先的智慧浸染。动人的歌谣在蓝天上飘飞，如花的姑娘穿梭在火红的梨树林里，从古至今一直没有停歇……

层林尽染的过程，是各种颜色重叠的惊叹，金川红叶在交错的颜色里更为迷人，那是太阳穿透生命后的通红。经脉遍布的叶片上，攒动着一段段动人的传奇。

金川人习惯把媒人称为"红叶"，关于"红叶"还有一段美丽的传说故事：相传，唐宣宗时宫人韩氏在寂寞无聊的时候，曾在红叶上写了一首诗："流水何太急，深宫尽日闲。殷勤谢红叶，好去到人间。"诗句透露出作者苦闷的心情，这首怀情之作后来随宫中的流水漂到宫外。此时，书生卢渥在长安应举，恰巧从御沟里拾起这片红叶，看了后深有感触，便将红叶收藏起来。有一年，唐宣宗下诏，将一批宫女放出，准其择配，嫁给朝廷和地方上的官吏。当时，卢渥在范阳做官，被准许娶一名宫女为妻。洞房花烛之夜，卢渥突然想起御沟红叶之事，便将珍藏的红叶取出，问新娘是否认得叶上题诗是宫中何人手笔。新娘拿起红叶，仔细一看竟然是自己的亲笔手迹，眼前的夫君，正是当年拾捡红叶之人。她感慨地说："当时所题，不谓君得之。"说完，赞叹不已，泪如雨下。这就是著名的"红叶题诗"的故事。红叶在冥冥之中就把韩氏宫女和卢渥连在一起，成就了这段佳缘，所以"红叶"就成了媒人的代名词。

金川县位于川西北高原，印象中的高原，寒冷干燥，空气稀薄。而金川，气候温和湿润，景色宜人，季节交替呈现出的神奇景观无不让世人喟叹。它是造物主留给人间的珍宝，优越的地理位置、旖旎的自然风光、淳朴的人文情怀让金川成为阿坝的"新江南"。

　　金川的红叶风景位于河谷地带，十月下旬到十一月初是金川观赏红叶的最佳时机，金川境内的沙耳神仙包、喀尔、安宁、万林、勒乌马厂等地都是观赏红叶的胜地。届时，河谷两旁万山红遍，层叠的彩林长达百余公里，蔚为壮观。

花海絮语

　　不知道用怎样的方式来看曾经走过的路，无数次回头，都被荆棘刺伤了眼睛。这双罹患近视的眼睛，越努力反而更模糊。记忆沿着溪流回旋，旁边的小花盛开着美好，回头看，一切芬芳都是梦……

　　平坦宽阔的草地，一双脚印是远远不能涉足的，结伴而行的欢乐在阳光下沸腾，倚着草甸，梦在那里发芽，一株草、一束花、一棵树，都在记忆里疯长。有些东西很奇妙，你越想努力记住的却日渐模糊，你拼命忘记的又根深蒂固。面对这片花海，很多记忆涌上心头，挥之不去，弥久深刻。

　　而立之年的人，冲动是久违的甘露，好在我这片荒漠迎来了细雨，伙伴们兴趣盎然地拍着照片，每一声快门都留住了一个瞬间。我新奇地眺望着远处的山峦，曾经它把我与外面的世界阻隔，又无数次召唤起了希望："只有飞得比山高，才能看到外面的世界。"

　　比起看风景的眼睛，我更喜欢回味和琢磨。一阵风吹乱了我们的脚步，黄色花蕊里渗透着泥土的清香，所有生命都是大自然的馈赠，这礼物厚重得像一片土地，轻盈得如一阵风，任何羽毛和希望都会在天地间生长翱翔。

　　一簇簇小花闪耀在我们的眼眸里，草甸衬托着五颜六色的

200

笑脸，姑娘摇着裙摆，试图飞到更广阔的天际。这里的土地没有局限，大树把太阳勾画成斑驳的林荫，我们在那里享受清凉，翠绿的叶子捧起阳光，灿烂的时光不可复制。

车窗外的风景不断流动，渐变的颜色和轮廓分明的大山不断交替。"你路过我的眼睛，从此就把你留在了心里。"这句话反复在我的脑海出现，或许某朵小花激活了记忆，经历过的片段正在土地上重现。风吹起衣衫，眼前的一切成了幻影，脚步在现实中跋涉，思绪却按捺不住。

摘一朵小花，触觉从花蕊直至心脏，莫名竟然有些惆怅。在高原，蝴蝶是尤物，它的翅膀会为美丽的鲜花停留，想要捕捉它的人们，光有轻巧的行囊是远远不够的，还要带着鲜艳的芬芳，蝴蝶只为花香沉醉，任何陈年佳酿它都不会心动。

慷慨的阳光下，脚步踩着炎热前行，我们昂起骄傲的头颅，任凭汗水打湿脸颊。蜿蜒的公路上，我们的足迹不断延伸，它是两条平衡的直线，偶尔也会弯曲成优美的弧，我坚信："只有走过不同的路，才能遇到别样的风景。"

行走旅途难免疲惫，暂时的休整是为了更好地出发，或更好地抵达，路边的溪流把尘埃冲洗干净，光滑的石面上，淘气的脚丫拨动浪花，彼岸的力量激励我们前行。蒲公英背着行囊，等待一阵风之后去流浪，我们没有理由多做停留，脚下的路还很长很长，未预料的风景都在远处。第一步之后，世界很大很大……

季节面前时间变得金黄

　　如果时间是一道光，穿透在大地的季节里，我们就是时光里的花朵，日复一日、年复一年，重叠着相同的时间。我们沿着光芒旋转着不同的色彩，不知不觉春雨已经打湿了花瓣，夏天的露珠不知何时敲醒了翠绿的梦幻，秋天的收获遍地金黄，冬雪的洁白早就充盈了双眼。过程里的气息时而轻柔、时而粗犷，我们毫无察觉，季节就悄然变换了位置。

　　姑娘们头顶的芬芳，是春天的花环，它把美丽的蝴蝶带向深处，那里有洁白的梨花，春风拂落花瓣，时刻飘洒着一场梦幻般的"雪花"。那时候，每个脚印都可以带走一段芬芳，一段关于春天的故事。站在春天的时光里，到处都可以沐浴温暖，像是一种特别的恩赐，一切都是那么的美好。大地的阶梯把太阳延伸在了远方，远去的背篓笑声连绵，田地里的黄牛铆足了劲，春雨在泥土里播种下了希望，这是关于春天、关于期盼最美好的定义。小草也在泥土里探出了脑袋，一粒粒花粉钻进蜜蜂的尾巴，蜷缩的绿叶渴望伸展身体，一切的希望都在这个季节萌动。

　　一片绿叶捧起露珠的时候，时光就已经在夏天摇曳了。花裙子追赶着绿叶，翠绿的季节忍不住触摸了溪水，蜿蜒的河流同公路一道连绵，眼睛看不到的远方，只有倒影还在发光。用葱郁来比喻夏天再贴切不过，杜鹃花在山谷里悄无声息地盛开了，羊群在翠绿的青草里穿梭，山谷里最清澈的回音就是心跳，那是脚步遇见美景之后的怦然心动，更是一场深情的告白，与夏天，与那攒动的水花。颜色在对比之下有了各自相得益彰的精彩，瓦片在绿意的包裹下仿佛变换了颜色，绿衬白，白缀绿，像极了宝石，坐在树底下乘凉的人们，闲谈摆趣各样舒心的话语，枝头的鸟儿也久久不愿离去……夏天，是一颗优雅的翡翠，镶嵌在了溪流、河谷和每一片绿叶里。

时光不停流转，我们在季节里满载收获，金黄是我们对秋天的定义。秋，总给人思念伤怀之感，宋代苏轼曾有诗云："昨夜霜风。先入梧桐。浑无处、回避衰容。问公何事，不语书空。但一回醉，一回病，一回懵。朝来庭下，光阴如箭，似无言、有意伤侬。都将万事，付与千钟。任酒花白，眼花乱，烛花红。"这是一种季里的悲寥，秋风剪乱了思绪，更增愁绪，这是文人墨客的"悲秋"。但在我所经见的秋色里还有另一种美，那就是"红叶醉染河畔、彩林河谷遍山漫"，这是秋天的另一种馈赠。我喜欢把落叶当成蝴蝶，一只只火红的蝴蝶在深秋里飞舞，无论飞去哪里，火红的颜色都铺满一地，彩林也在秋天的河谷里招摇，那颜色染醉了溪水，许多人正是寻着这抹颜色找到了梦幻王国。玉米地是我对于秋天最深刻的记忆，金色的玉米棒铺满房背，在阳光的照耀下变得金黄，秸秆被秋风装进拖拉机，一声轰鸣，一抹温暖的颜色就飘过了眼睛。未尽的颜色总会在不知不觉中走向另一个季节，带着那些不舍和怀念。

冬季的寒冷毫无预兆地包裹了身体，雪花在我们的期盼中铺满世界，屋顶的洁白，大概在远处还要清晰，那是一大片莹白，谁也找不到连接的缝隙。雪花是开在冬天的一朵惊奇，一入冬，几乎每个人都有这样的盼望，一场雪，所有的一切都是同一种颜色。炊烟在屋顶缥缈成了淡蓝色的云朵，像绸带一样，经久眺望，有一股回忆涌上心头，雪仗、雪人还有那记忆里的小娃娃都在雪地里翻滚。脚印，是雪地里的坐标，被雪压弯的枝头融化成晶莹的珍珠，雪花流淌成了溪水，两边的冰块，顺着岸边的杂草，排列成不同的形状，像一座座透明的冰川。冬，是最后一个交替，更是另一个开始……

季节在时光里，过去的一瞬间曾经就在眼前，时光没有痕迹，却一直在季节里穿梭。不知不觉，我们看到的梨白、翠绿、金黄、雪白都是过程里的颜色，四季流韵，另一场开始将在 2016 年重新出发。

康　定

　　我用地名命名了一篇文章的标题，两个字，康定。起先我还思考这样合不合适，我在那座城市生活了四年，它接纳我的十八岁，接纳了我的青春和最美好的年华，与青葱岁月相关的记忆都是明朗而轻快的，所以，思来想去，这两个字很合适了。

　　康定系汉语名，因丹达山以东为"康"，取康地安定之意，故名。

　　康定当之无愧是一座情歌之城，以一曲《康定情歌》而名扬四海。伴随着一连串美丽动人的音符，我也在情歌之城跳起了锅庄与弦子……

　　我从来没有想过自己的青春会与康定有关，康定太冷了，与青春的火热恰恰不一样。在康定求学的几年里，我仰望苍穹星辰，仰望万里阳光，康定的天辽阔得无边无际，康定的胸膛宽厚得能载万物。

　　康定的风很大，一阵风就能把我刮跑，一阵风，就能把我吹得泪流满面。我常常站在窗台上望天，无数颗明亮的星辰点亮夜，我的家就在其中一颗星星之下……

　　我们寝室住着四个人，我们四个整天都待在一块儿，上课的时候坐一排，吃饭的时候在一块儿，周末在一起，散步在一起……我们总是分不开。

要问我们四个大学时有什么后悔的事，就是没谈恋爱。谁要收到男孩表白的笔墨，四个人都会跟着紧张，但是谁都不敢谈，谁都不敢接受青涩的爱恋。可能那时候我们的心都在学习上，可能我们有彼此的陪伴，在那个年龄段就暂时不再需要爱情了。不过我们憧憬过将来想要遇到什么样的人，我们憧憬过未来对于爱情的期待。

夜晚躺在寝室，我们会畅想一些离我们很近似乎又很遥远的话题，天马行空的。我们四个经常去操场散步，冬天皓月当空，我们踩着彼此的影子嬉戏，你挽着我的胳膊，我牵着你的手，我们四个就这样一直走着，装饰着彼此的青春。夏日酷暑我们的花裙子在阳光下摇曳，我们在彼此的手掌心中接过清凉的慰藉，传递青春的温度，时间的重量在青春里变得轻松而活泼。

幸好那时候有你们陪伴，不然我得多孤单！

康定给了我一份情谊，这份情谊为青春增加了些许温暖的色彩。

以前来往学校的路途上总是有许多美丽的风景，我总在路上忽略风景，等我有心情去观赏的时候那片风景已经离我很远很远，再也找不到了。等我有了足够的时间，等我有了不再为前途奔波的压力时，那片风景也被光阴带到了另外一处时空，让人追悔莫及。那时候不知自己是如何思考的，美丽的风景就在眼前，我却不敢触摸，哪怕只是看一眼我都没能做到。到底是什么遮盖了我的眼睛？是极度的自律还是自欺欺人强装镇定？我不得而知。

我们的学校坐落在离康定城有四十多公里的姑咱镇，纵然干冽冽的风把我们吹乱，冬天也从来不会张牙舞爪。我们坐在教室里、寝室里、图书馆里，这些地方是有温度的，以至于我笼统地以为康定的冬天不会结冰。因为我在那里没有见过一片雪花，没有见过一块与酷寒相关的结晶，所以，我就大胆迈入寒冬了。

我是一个极度怕冷的人，在未体谅人情之前，我对冷的畏惧仅仅只是一种感觉，皮肤或是神经能感觉到的温度，能让人起鸡皮疙瘩的温度就是冷。

康定的冷很孤傲，像个傲气的公主或是冷峻的王子，只要他（她）一淘气，天就会变幻出各种色彩和温度，可能寒冷至极或者寒光漫天，我从未琢磨透。

高原有一种高贵，这种高贵是海拔赋予的，康定也是一座特别高贵的城市，人们跋涉千里万里去抵达，为的就是去触摸富有魔力的云彩。庆幸我们在正值青春的年华里登上了跑马山，登上了向往爱情的城池，虽然我们没有爱人，仍然虔诚地在那里许下了心愿。

只言片语凌乱地补充着发生过的情节，我的文字也被风吹乱了。

离开康定差不多有八年了，好想再回去，一个人漫步在康定的街头，以一个人的姿态重新触摸。

文字重新温习了太过冗长的记忆，在康定的几年里，我没有看到一片雪花，只有凛冽的风把我吹乱过。有人说我太过成熟了，在本该欢快的年龄里我显得格外老成，殊不知，故作沉稳的步态反而拖累了青春。还好，我青涩的年华里始终与一座冷傲的城市有关，我在它的骨头里生活了四年，我与它相依为命了四年。这座城市，还留着我的故事、我的脚印和看似稳当得不能再稳当的青春。

转瞬风景，去跋涉遥远的路

情人海，坠落峡谷的眼泪

这是一滴眼泪，一滴穿越千年的眼泪。

它就这样孤独地挂在一个叫撒尔脚的地方，在阳光下泛出那样静蓝的色彩。

远远望去，它就像是露丝胸前那颗带泪的海洋之心。

于是，它便静静地在这里等待着心爱的人儿到来。也许是时间太长，长得足有一千年那么长……

我不知道，情人海是不是经过了一千年的等待，但我知道它用那四季不同的美期盼着情人的到来。

春日，野花开遍山坡，阳光穿透云层直射湖面，凝结的冰面在它的身体里慢慢融化，悄无声息地与海子再次相融。湖畔的云杉、高山柏在夏日用饱满的葱郁围抱着这颗湛蓝，山影湖光在这里闪烁神奇。湖水在秋日越发湛蓝明净，林木在季节的晕染下换上了彩妆，就连湖光也闪烁着层叠的斑斓。冬日一片洁白包裹着海子，在茫茫处连成一片，分不清哪里是山峦、哪里是海子……

季节交替了海子不一样的美，让人在灵魂深处向往，又在那处湛蓝里流连忘返。

它如一段悠扬的旋律，轻轻触碰到了柔情的心扉，让人满心想追溯它飘扬而来的旅途。

情人海又名"长海子"，藏语叫"撒尔脚措"，它的背后还有一段美丽的神话故事：相传，很久以前这里是一片茫茫雪域，一位英俊的猎人就生活在这里。有一天猎人照常到山林里打猎，遇见了一头神鹿，他从神鹿身上捡回了一颗美丽的太阳石，这块太阳石瞬间化作一位名叫太阳女的美丽姑娘。太阳女美丽、勤快，两人一见倾心，很快相爱，从此就定居在这里。山下的土司获知后，垂涎太阳女的美色，欲霸占太阳女，就率兵围困了猎人夫妇。猎人为了保护太阳女，在抵抗中不幸被杀害，天上的太阳神得知了此事，立刻用神力赶走了土司，并要把太阳女带回天庭。太阳女深爱猎人不愿回到天上，誓死要守护在丈夫身边。就这样，太阳女坐在丈夫身边哭了三天三夜，眼泪融化了周围的冰雪，渐渐汇聚成一片湖水。三天以后，泪已流干的太阳女化作一条美人鱼拥抱着丈夫跳入了湖中，一起沉入湖底。人们为了纪念太阳神女和猎人，便在岸边栽种了情人树，并把这个湖泊命名为情人海。

　　凄美的爱情传说，让人不禁感叹在这七十米深的湖底，有两个相爱的人儿紧紧地拥抱在一起。我想，大概是那份爱净化了这池湖水，所以它才会那样深邃，那样湛蓝，那样凄美迷人。

　　如今，情人海仍然流传着"静""灵""潮"三绝：人畜经过海子不能大声喧哗，否则震动海子上方的空气就会形成降雨和冰雹的奇观。所以这里形成了现今的人过无声、马过摘铃、牛羊忌哨，一旦遇上大旱，人们就会以声震空求得降雨，屡试皆灵。俯瞰情人海湖水自西向东流动，和缓而静谧。夏季有潮，涨潮时间大约在上午9点和下午5点，那时在约一米的水下可见泥沙起伏，不断来回涌动，此景象大约持续四十分钟结束。冬季，湖面结冰，唯有中心直径十余米处不结冰，飞鸟、走兽在冰面行走畅快，景象十分壮观。联系到清朝李心衡在《金川琐记》里对情人海的描述："巴布里山巅海子（情人海），有一物大如屋，形似青蛙，常涌跃涟漪中，翘首出水面四顾，不为人害，土民遥望见者，合掌佛号，即潜伏不见。"这一切更增添了情人海传奇而神秘的色彩。

伫立在情人海的身边，呼吸着高原微凉的空气，一切思绪都被宁静包围，此刻只想闭上眼，静静地聆听鸟鸣鱼游、风卷落叶、微波轻漾。而情人海，却没有半点的姿态，仍然静静地流淌在那里，仅凭潮涨潮落翻滚自己，与蓝天交相辉映出深邃的蓝，任阳光在它的身体上点缀波光，直到不敢用眼睛去相信。

曾几何时，情人海已成了灵魂深处的向往。在梦里穿越到它身边，触摸那刻骨铭心的清凉，倒影被回荡的波纹打乱，久久不能散去。

这一刻，就站在它身边，那串海洋之心，在静静地发光，那滴眼泪，在静静地流淌。湖光依然映射出白塔、山峦、飞鸟，还有那久久伫立的身影……

而我，却不愿拨动眼前的湛蓝，只想同它一样静静地在这里，忘记那快要起身的脚步。

去大理，捧起洱海上的月亮

站在大理，站在洱海，我的背影被一个女孩看成孤独的样子，她说："没和你搭上话之前，你孤独得连我也跟着愁绪万千。"

——题记

"上关花，下关风，下关风吹上关花。"

"苍山雪，洱海月，洱海月照苍山雪。"

这是云南人民口传的一副对联，横批则是："风花雪月。"

这"风花雪月"都是云南著名的景点，也因为这些景点，我对"风花雪月"有了新的理解和认识。

大理几乎是每个人的向往，我也不例外。带着这种向往我的眼睛在地图上游历了好久，终于确定了云南之行。这一次，真的要遇见大理了！

飞机降落在丽江机场，迎接我们的是一场淅淅沥沥的雨，我拿披肩包裹着上半身，走出飞机的一刹那，冷得直打哆嗦。

接机的师傅非常淳朴热情，去往丽江古城的路上我发现沿途风景和家乡几乎没有两样，空气、云朵、高山、玉米林……我用幻觉勾勒着一个"一模一样"的地方，我开玩笑说："我好像就是从这里出发的，今天又回到了这里。"司机听得云里

转瞬风景，去跋涉遥远的路

雾里，问我是不是云南本地人。我一边笑着一边否定着，这反倒让他更加认定我就是本地人，甚至说我的口音像极了本地人。就这样，我们一路欢笑着抵达了丽江市。

丽江和我憧憬的样子差不多，人来人往，人挤人，在丽江古城几乎没有下脚的地方。我在人群中跌跌撞撞，好几次甚至几十次嚷嚷着想要离开。我想要安静，人们的脚步声太匆忙了，匆忙得让人想逃离。

在丽江耽搁了两天之后，终于在第三天坐上了去大理的大巴，我独自坐在最前排，斜后面有一对青年男女，看样子好像是情侣，我靠在座位上，眼睛一遍遍扫描路过的风景。

大理是"五朵金花"的故乡，州府所在地大理市，是滇缅、滇藏公路交会地，那里有清澈的蝴蝶泉、伟岸挺立的南诏崇圣寺三塔，还有闻名遐迩的洱海……大理有这么多秀美的景色，我到底对哪一个情有独钟呢？

到达大理白族自治州以后，视野一下开阔了许多，心也敞亮了许多。一栋栋白色的民房映入眼帘，竟像是下过一场雪，也像是大自然鬼斧神工凿出来的雪国。一排排绿意盎然的柳树在眼前招摇，纷至沓来的人们在各处拍照留念。出发之前，我并未对大理做任何的旅游攻略，我想让空白的思绪重新被填充，也想让五彩的瞳孔描摹其他清澈的颜色，直到见到洱海之后这一切才终于被实现。

早上我们去了蝴蝶泉，一路上的青葱翠绿掩盖着无边无际的天，抬头看见的是树叶和穿插而过的小鸟，偶尔阳光穿过树叶，零星的璀璨像星星一样闪耀天空。在蝴蝶泉聆听到的爱情故事，各种版本，最后结尾总是令人泪下，美丽的爱情像蝴蝶泉一样干净明澈。

我心里一直期盼着下午的洱海行，没有多做停留，吃过午饭便马不停蹄地赶往洱海，听说那里也是人挤人，我却充满了期待。

　　第一次在急促的呼吸中闻到了洱海的味道，那是千万颗水珠凝聚的味道，有太阳的炽烈，还有淡淡清风的触觉，这一切都在空气中。味道越来越浓烈的时候，我知道，我离洱海越来越近了。

　　我看到了，在太阳下，那真是一颗碧波粼粼的宝石，每一寸都在闪光。我马不停蹄地走上前，按照排队的顺序领取荷包以便登上游船。我一口气登上四楼，洱海一号游船缓缓驶动。洱海，我终于遇见了你！

　　游船上设有 KTV 包房、民族歌舞表演厅、商品部和五朵金花摄影部等多功能设施。游船上开展具有浓郁民族特色的"白族三道茶歌舞表演"，以便游客领略白族人民独特的民俗风情。

　　四楼为茶房，环境相对安静，视野极好，弟弟提前预订好了位置，我不用担心在往来的人群中找不到坐处。我缓缓走向预订好的位置，无意间遇到了大巴车上的那对年轻情侣，我们相对而坐，我微微笑了一下，并没有过多的语言。女孩头发挺长，身材纤细，人很漂亮，有一种江南女孩子的柔美。男孩胖乎乎的，盯着我看了几眼，从他的眼神中我能捕捉到他粗犷不羁的性格。我起身在外面站了一会儿，清风把我的头发吹得凌乱不堪。我面向风，随它把我吹成什么样子。我把手靠在栏杆上看远处的风景，远处有什么呢？只是一片像汪洋一样的洱海，它比大海温柔多了，也比大海轻松多了。在洱海，来不及想太多，当下的每一刻都好珍贵，大脑来不及去捕捉过往和憧憬未来，仅有这一刻就足够了。我是一个极易满足的人，也是一个极其挑拣的人，这样矛盾的存在连我自己也解释不出原因。

　　回到茶房那对情侣还坐在那里，女孩突然问我："姐姐，外面热吗？""还好，我能接受的温度。"女孩转过头对男孩说："要不我们也去看看？"男孩似乎有些不愿意，女孩撒了一会儿娇，男孩仍旧拒绝。女孩只得一个人去，待她回来，我已经发了好半天呆了。"姐姐你是一个人来的吗？""我和弟弟。""我在大巴车上就看见你了，从丽江到大理这一路一直观察着你。"（女孩脸一下子红了。）"观察我？""对，你一个人裹着披肩坐在大巴车上，感觉你是一个好有故事的人，我当时还偷偷告诉我老公，我们看了你好久。"一听这话旁边的男孩有些不好意思了，使劲给女孩使眼色让她别说了。我笑了一下并未作答。"刚刚你一个人站在外面，看着你的背影觉得好惆怅和孤独，我很喜欢女孩子身上有这种感觉。"我的笑似乎有些尴尬，弟弟看了我一眼，转而低头看着手机。"没和你搭上话之前，我一直看着你，你孤独得连我也跟着愁绪万千，我一直在猜，你到底经历了什么。"女孩一直刨根究底，问题一直不断。"没有什么特别的经历，我自己都不知道自己有那么孤独，这些孤独都被你看到了。""不是不是，有经历有故事的人才有这种感觉，从你说话的谈吐中我更确定了。"旁边的男孩起身说要出去看看，立马拉着女孩出去了，女孩极其不愿意，说要和我这个大姐姐说话，她想认识我。回来之后，男孩看了我一眼，可能他出去说教女孩了，回来后，女孩很有礼貌地主动和我交换了微信。后来我得知，他们是北疆人，两人刚结婚不久，这次出游算是蜜月旅行。男孩平时太忙了，根本没时间陪女孩，就在我们说话的间隙，男孩至少接了不下五个电话。的确，忙碌的人真的分不出时间来应对生活中的琐事，要么就把自己搞得一团糟，要么就被生活历练成了铁人的样子。无论如何，生活面前我们多多少少有些被动。

　　女孩的出现扰乱了我对于洱海的一些记忆，我本来是想把清澈的颜色留在记忆中，没想到，女孩的出现带了一些繁杂的声音。为什么要猜测陌生人的经历？为什么要打听别人的故事呢？若是真能懂得每个人的经历，你就不会看到我站在洱海边发呆了，或许姑娘，你就不会看到别人身上的孤独了。我们如何定义孤独呢？我享受安静，你用我的背影装点瞳孔里的世界。孤独被孤独包裹，孤独看向远处，我们也望向远处，可能某些时候我们是相通的，正因为如此你才能在别人身上看到自己的影子。

　　晚上在海景房，我坐在吊椅上看夜色中的洱海，起初还有氤氲云气中的月亮，不一会儿便下起了小雨。洱海与我遥遥相望，它倒映着岸上的灯光，月亮呢，早在我的心底泛起波光。用手捧起雨滴，一颗月亮倒映在手心，我惊喜万分。在洱海边，我捧起了月亮，捧起了一件心事，捧起了星空，捧起了所有所有……

去四姑娘山，仰望勇敢的信念

四姑娘山位于四川省阿坝藏族羌族自治州小金县与汶川县交界处，地处邛崃山脉中段，毗邻卧龙国家级自然保护区。在群山如云的川西高原，四姑娘山被誉为"蜀山皇后"，她以矗立的身姿点缀了世人惊叹的瞳孔。

四姑娘山先后被国务院批准建立"四姑娘山国家重点风景名胜区"和"小金四姑娘山国家级自然保护区"，属世界自然遗产"四川大熊猫栖息地"的重要组成部分，因其景色秀丽宛如一派南欧风光，又被人们美誉为"东方的阿尔卑斯"。

四姑娘山周围森林茂密，绿草如茵，清澈的溪流潺潺流淌，脚步走过的土地，是一连串清晰的记忆。这里的空气没有尘埃，那感觉像久违的甘泉流淌过心间，温柔而又凉爽。

沿着蜿蜒的公路逶迤而上，盘旋的痕迹把我们带入了童话殿堂，陡峭的山峰直耸云端，苍鹰把清脆的鸣唱带到山巅，仰望视觉深处的记忆，是大脑不断亢奋的过程，必须承认，我被征服了。

四姑娘山被当地藏族人崇敬为神山，雄峻挺拔的大山高昂头颅，岁月的风霜呼啸而过，每一缕清风都吹拂着一段往事，每一朵白云都传颂着动人的传说。

相传，阿巴朗依和夏姆为了救助村民化成了山峰和红柳，他们的四个女儿成了孤儿，但在善良村民们的悉心照顾下，四位姑娘快乐地成长着，她们继承了父亲的正直和母亲的美貌，因为吃着百家饭长大，从小便知恩图报。

从小耳濡目染村民们对阿巴朗依和夏姆的称赞和敬重，四位姑娘深深思念着早逝的父母，一有空闲，她们便要爬上巴郎山，在红柳林里点燃香哭诉，祭奠双亲。天长日久，氤氲的烟雾在山间飘扬，形成云山雾海，终日不散，陪伴着寂寞的父母。四位姑娘在心里暗暗下决心，一定要继承父母的心愿，保护好村民们来之不易的安宁生活。

墨尔多拉是为恶一方的妖怪，一直对日隆镇念念不忘，他听说阿巴朗依已经化成山峰，心想再无人敢与他为敌，便化装成乞丐偷偷潜入日隆镇。

聪慧的幺姑娘知道了墨尔多拉的诡计，便悄悄跟随他而去，行至僻静之处，乞丐揭去脸上的面具，摇身一变，露出恐怖的面目。幺姑娘顿时被吓了一跳，这就是害死父母、欺压百姓的恶魔，他又回到了日隆镇，幺姑娘强压怒火，急忙找到三个姐姐商量对策。

四位姑娘镇定自若地来到恶魔面前，幺姑娘上前抡起准备好的铁棍，找准墨尔多拉的头砸了下去，"当"的一声，铁棍被震得飞上了天；三姑娘举起斧头向魔王砍去，却如以卵击石，斧刃即刻崩裂；大姑娘挥出皮鞭，却在顷刻之间断成了片片碎屑。

墨尔多拉一声狞笑，摇摇晃晃要站起来施行法术，四位姑娘一急之下齐齐向他踩去。墨尔多拉被压得喘不过气，一声号叫，霎时地动山摇，眼看就要将姑娘们掀下来。四位姑娘牵起手齐向苍天起誓："上苍啊，为镇妖除魔，我们愿跟随父亲，化为山峰。"霎时间，气温骤降，鹅毛大雪顷刻飘洒在天际，四位姑娘化为雪峰，将恶魔墨尔多拉牢牢压在底下，让其永世不得翻身。

自此之后，人们每年都要从四面八方汇聚于四姑娘山脚下，举行盛大隆重的拜山仪式。

美丽的传说把我们带向了另一个时空，晶莹的雪花飘浮在山间，我相信，那不仅是传说，那是小金人发奋图强、志存深远的生活状态。

四姑娘山主峰幺妹峰，海拔6250米，大自然的鬼斧神工，把雄伟的山体雕琢得陡峭嶙峋，悬崖峭壁凸显的岁月剥蚀成细碎的石粒，陡崖之下的绿草铺平大地，繁茂的土地养育了一方淳朴的生命。我们站在那里，静静地享受着这份惬意。

四季轮回赋予了四姑娘山不一样的美，春日万物复苏，漫山遍野的芬芳装点着圣洁的土地，我们用纯洁的心灵编织花环，美丽的梦从这里复苏。炎炎夏日，鸟儿清脆的鸣唱叫醒了山川，晶莹的水珠直面太阳，俊俏的山峰在远处发光。

秋日的静谧包裹四姑娘山，斑斓的彩林点缀着河谷，不同的颜色重叠着秋日的绚丽，我们涉足远观，早就酩酊在了这灿烂的景致中。冬日的魔法会让整个四姑娘山银装素裹，届时，雪白的山巅像一颗颗璀璨的宝石，晶莹的雪花装点着美丽的故事，我们在四姑娘山的见证下，邂逅一段美丽的传奇。

四姑娘山代表的是一种不屈的信念，因为正直、无私、善良、勇敢而矗立的四座山峰经岁月磨蚀而越发清奇分明。因为一段故事、一段不朽的传唱，我们再一次相约，从这个秋天开始，一起去四姑娘山仰望勇敢的信念。

沙耳，以一座城的名字纪念一段光阴

沙耳，离我居住的县城相隔不过四五公里，之前并未仔细触摸这个被光阴打磨的地方，偶尔路过打开车窗，也是一晃而过，短暂的过程并未留给我太多印象。距离上，它离我实在太近了，但我又很陌生，陌生得叫不出一个人的名字。

如果不看表，我对时间没有任何概念，久坐文字中，一小会儿工夫就过去两三个钟头，缓过两道神，又是午饭时间，所以，时间总不够用，或者，我就是一只从光阴里逃跑的猎物。

山峦连绵无边，依靠群山的庇佑，今年五月我再次遇见了沙耳，这种遇见是真实、纯粹甚至带有色彩的。

我喜欢在那里仰望，阳光在云朵中，每次抬头都能看见光阴，这样的场景很容易放大内心的惆怅。坐在一片空旷的坝子里，看着太阳一点点移到对面的山顶，想着不久之后就是黑暗，难免伤感。也就在情感涌动最剧烈的时刻，一些文字以诗歌的形式出现了，不用过多地思考与铺排，看着云，看着太阳，看着周围的人们，自然而成。

坐在一棵柳树下躲避光芒，余晖洒在绿色的叶片上，时间仿佛真的凝固了，阳光不再滚烫，空气不再嘈杂。黄昏洒满脸颊的时候，我看到光阴钻进一个人的眼睛，瞳孔里的太阳还在闪光，那一瞬间美丽极了。

转瞬风景，去跋涉遥远的路

我笔下的沙耳与光阴有关，不仅是因为变化的风景，还有一个笃定的理由："世上最公平的是时间，它让四季轮转，又让生命衰老，谁也逃脱不了。"为什么在沙耳，我对光阴的感受如此强烈？这个问题我也反复在问自己。大抵是忙碌的日子突然慢了下来，在宁静的环境里，有更多思考的空间，或者说有了真正欣赏风景的心。

与宁静相对的是人群，在沙耳，我结识了一部分人，其中有年长的老者、朝气蓬勃的少年和弱冠之年的青年。他们每个人脸上都洋溢着不同的故事，或者说，他们每个人本身就是一段光阴，只在相遇的时候交叉成了故事。未来是什么样子？会不会坐在闲暇的时光里回忆此刻？这些都未知。

我们每个人都是忙碌的，着急出发，又渴望抵达。坐在空旷的地方，汽车轰鸣着喇叭从身后飞驰而过，真羡慕驰车的人有此般速度，与光阴赛跑，最终却追不过光阴。

我默默地看，每个人的脸、每个人的心事、每个人的惆怅、每个人眼角的希望。也许一些人会成为伏笔，在文字里以另一种形式存在，这是时间改变不了的决定。

一位老人不断翻种土地，我问她在劳作的时光里种下了什么，她的回答是一粒种子。转过身看到欢乐的人群和听到滚烫的声音，他们笑着，说着，奔跑着。我们种下的是什么？是生命，是随时光长大的生命。

在一位老大姐的带领下，我徒步去了沙耳的一些村子，游走的冲动是无可抵挡的，它可以让人忘记烦恼，这是一种瘾，戒不掉。

路过的人们仔细打量这片土地，来自异乡的客人问我下一条路的去处，我的家也在千里之外，怎么能回答关于归处的问题，那样，落寞的人如何在时光里抵达呢？

光阴是仁慈的，她如母亲般宽厚。沙耳，以光阴的名义带来了不同的风景；沙耳，以一座城市的名字，为我雕刻下了一段光阴。故事穿插而过，当别人再次呼唤沙耳时，我也能描述一些故事，喊出一些人的名字。

钟鼓楼，与时间相关

陕西让我感觉如此亲切，可能是我们家背后有一座陕西馆（一座庙）。我从没刻意去设想我将抵达那里，向往随着心境在变化，所以我预感："我终会去一些地方，也会从那些地方离开，留下短暂的记忆回顾，也是很美很美的。"

抵达西安的一瞬间，扑面而来的热气令人窒息，各地城市构造大相径庭，一时间，我居然忘记了自己身处异乡。是复制粘贴的城市构造驱赶了异地的陌生感还是热浪滚滚的温度让我来不及多想，反正，西安，我觉得好亲切！

换乘几站地铁之后，我们去了钟鼓楼，第一次听这个名字我是茫然的。我以为钟鼓楼是一整个古式建筑，却没想到钟楼和鼓楼是两个遥遥相对的建筑。

晨钟暮鼓，是西安人对于时间的理解，这个解释也完美诠释了钟鼓楼的作用。我们首先登上的是鼓楼，走在一级级石阶上，脚印和过去的光阴重叠，走在现实的缝隙中，人会思考很多。这种思考是沉稳而厚实的，既要有历史的深度，更有冷静的沉淀。

西安鼓楼始建于明洪武十三年（公元 1380 年），比钟楼的建造时间稍早。鼓楼建于高大的长方形台基之上，台基下有南北向券洞。鼓楼除报时外，还作为朝会时节制礼仪之用。西安鼓楼是中国现存最大的鼓楼之一，位于西安城内西大街北院门的南端，东与钟楼相望。楼上原有巨鼓一面，每日击鼓报时，故称"鼓楼"。鼓楼横跨北院门大街之上。鼓楼和钟楼是时间里诞生又守护着时光的一对卫士，相距仅半里，却时刻相望。

我们沿着楼梯一直向上攀登，那一刻感觉自己和时间做着较量，鼓楼内有很多照片和古物，进去的刹那瞬间觉得凉爽了许多。作为一个外行，我只能对精美的建筑和悠久的历史发出感叹，惊叹西安人对时间的界定，惊叹华夏先人们的智慧。

西安钟楼始建于明洪武十七年（公元 1384 年），原建于今西大街北广济街东侧，明万历十年（公元 1582 年）移于现址，是我国现能看到的规模最大、保存最完整的钟楼。

钟楼分两层，每层四角均有明柱回廊、彩枋细窗及雕花门扇，尤其是各层均饰有斗拱、藻井、木刻、彩绘等古典优美的图案，屋檐四角飞翘，如祥鸟展翅，各种中国古典动物走兽图案组在琉璃瓦屋面下，给人以炫彩华丽、层次迭出之美感。高处宝顶在阳光下熠熠闪光，使这座古建筑更散发出其金碧辉煌的独特魅力。

站在钟楼望鼓楼，站在鼓楼望钟楼。时间就在它们中间流转，我骄傲地理解为："在西安我看见了时间，也触摸过时间，它是一口钟和一面鼓。"如果你也想去触摸时间，就去西安，就去钟鼓楼吧！

雪，一片轻盈的绒毛

一场大风过后，云海里的雪花翻腾着，轻盈的身子一片一片落在大地的掌心，它们的翅膀在风中飘落。一场雪，这是预料当中的惊喜，飘飘洒洒，纷纷扬扬……

夜里，雪花的脚步一步步走进童话，我在雪地里做了一场梦："漫山洁白充盈着瞳孔，飞舞的精灵在我的眼睛里融化，足迹在洁白的世界里延伸，在满地的柔软的雪中铺洒着美好。"今晚，雪花一定有翅膀，路灯、瓦片、公路，还有我那惊奇的眼睛都在夜里飞舞，明天充盈世界的一定是洁白。

清晨，大地、群山同氤氲的空气连成一片，眼睛迷路了，分不清哪里是云端，哪里是驻留的平地。冰冷的空气把吐露的芬芳凝结成了满树洁白，缀满枝头的雪花晶莹剔透，融化的水珠顺着枝干漫延，像饥渴的老人饮着山泉。纷至沓来的人们扛着各种定格光影的器械，试图留住这童话世界，留下这清晰的记忆！真想摇动期待，让晶莹的颜色剥落衣衫，那冰凉的触觉不知激活了多少记忆。

雪地里的小草，被大风吹乱，一场大雪过后，它们悄悄探出了脑袋，像针尖一样，白茫茫的世界里，若不仔细寻找，或是回头看看曾经走过的路，就真的会与它们错过。雪注定与记忆相关，流淌在生命里的溪流更需要一场雪来装点记忆里的山谷，这是一场季节的馈赠，我满心接受。

冻得通红的手指在雪地里写下心愿，片片雪花掩盖着心绪，时而欢快、时而宁静，我的梦跟随着心跳在雪地里翻滚。吐露的气息，凝结成了空气里的珍珠，雪花把记忆刻成永恒，此刻，只有脚印，能延伸这洁白的世界。

离冬最近的日子里，那些褪尽彩装的树啊，经过一夜纷飞，也悄然换上了盈装，每一片叶子都承载着与云朵一样的洁白，温暖的光芒穿透身体，仿佛就与它们生长在了一起。这是无法用语言表达的惊奇，或许本身就是一场梦幻。

在雪花轻柔的触摸下，屋顶的瓦片也变换了颜色，淡蓝色的炊烟，仿似薄薄轻绸，飘绕在白雪皑皑的世界里格外显眼。几声犬吠，鸟儿惊怯着从房檐下掠出，扑棱着翅膀飞向深处。抬头望一望：湛蓝的天空没有痕迹，世界好远，未来看不到尽头……

古碉在白茫茫的世界里直耸云端，好似一棵树，飘飘洒洒的雪花仿佛是它开出的芬芳，一朵接一朵，一片又一片。此刻，藏寨里的小卓玛忙着采摘喜悦。那一朵一朵的雪花呀，那一片片晶莹的果实，都在小姑娘灿烂的眼眸里。

雪国里的冬天，风轻柔了许多，不再是寒冷凌厉，更不是刺骨冰凉，那是一股通透的温暖，是一种用全力深吸的清凉。

包裹一团雪花，撒向记忆的深处：打雪仗，垒雪人，在雪地翻滚所有快乐。或者，我在经历清晰的梦幻，"亦真亦假，半梦半醒"。这样，雪花落地的时候才不会打湿梦，这些飞舞的精灵才不会在擦肩之后就融化。

轻轻掇一点，含在口中，混合着泥土的味道，沁人心脾却又酣畅淋漓，这是大自然最真实的味道。我一直把雪花当作天空抖落的绒毛，觉得人含着它就会长出翅膀，每年下雪，都是这样，每年冬天，我都有一双翅膀。

昨晚，一片绒毛飘来了我们的世界，推开窗到处是洁白的翅膀。捧着它，孩子们嬉笑成了雪娃，溪水融化无比清澈，倒影里的姑娘也格外秀美。捧着它，我们都有一双飞舞的翅膀，从这个季节里飞跃，飞向更辽远的天空。

转瞬光影

一双喜欢游走的脚，在泥泞、花香、鸟鸣的怀抱中踌躇满志。一个装满期待的行囊，在路途里颠簸停留。一声高亢的赞喊，高山河流旁响起了歌唱。一位灵魂的追寻者，在旅途的辗转间寻找着一份洒脱……

一个觅静的生命，一份宁静、几许书香便极易满足。人群中大抵也是去不得，几许欢笑言谈便染了思绪，想再延续先前，也是不能。曾也听复旦大学的陈果教授"寂寞与孤独之说"，不觉也才恍然大悟。原来领受孤独的生命更多的是要独研一份"圆融"。一种智慧、一种开拓的境界。自认为是一个好静的人，却又偏偏与旅途结缘，喜欢四处游走，八方观览。不知有何解释？每每看到寄情的景，人就自然变得不洒脱了，满腹的情绪、挂念都统统涌了过去。渐渐也就养成了习惯，这游走像上了"瘾"，总在不能控制的情绪间发作：一抹温煦的阳光、一声超俗的梵唱、一朵烂漫的花开……也就会引发了这瘾，所以就爱足了这眼观的景。

时间在转瞬间消离，从天真童趣到通透沉稳，总还是在时间的敲磨下渐渐长大。过去了的就不再重复，离开的也就自然不会回来。唯独经历了某些失去才倍加珍惜当下的拥有。过去的悲怆瞬间、勤苦坚持的当下、未雨绸缪的未来，这些都在时间的历程中不断完成蜕变。夜晚枕着思绪入眠，也就在梦中穿越了时间。我在讲台、游走间竭力挤时间，生怕怠慢了一方。往往时间还是不够。母亲也知晓，总还是悉心挂念着，但疲惫的脸色就是瞒不过。从此，路途偶尔就多了一个身影，他乡的停留间电话问候总就不断。就这样，我在母亲心里种下了一丝牵挂。可怜了慈母在盼望的日子里耕种、浇灌，让这丝思念根深蒂固。母亲小学都未毕业，文化并不高。她喜欢阅读我笔下的文字，间或也会提出某些建议。我与母亲聊的也很少是家常而是写作文章、学习考研。难得一次的回家我把更多的时间给了电脑和书本。她却硬是执着支持，现在偶尔觉得我性格的坚韧许是母亲的"遗传"。

在斑斓的景中游走，蚂蚁搬家的路旁、蝴蝶翩跹的花前、梨花繁开的香园、波光微澜的涟漪、鱼游自在的溪边……时光转逝，愿行走的脚步遇见一份洒脱自在！

父亲和母亲的年轮 fuqin he muqin de niandun